KB042604

리벤지 헌터

REVENGE
HUNTING 3

초판 1쇄 인쇄일 2015년 7월 23일 ㅣ **초판 1쇄 발행일** 2015년 7월 24일

지은이 목 마 ㅣ **펴낸이** 곽중열 ㅣ **담당편집 팀장** 이범수
편집부 신연제 이윤아 김호성 김은경

펴낸곳 (주)조은세상 ㅣ 출판등록 제 2002-23호
주소 경기도 연천군 미산면 청정로 1355
TEL 편집부 02)587-2966 ㅣ FAX 02)587-2922
e-mail bukdu@comics21c.co.kr

ⓒ목마 2015
ISBN 979-11-5832-138-3 ㅣ ISBN 979-11-5832-135-2(set) ㅣ 값 8,000원

※잘못 만들어진 책은 바꿔 드립니다.
※저자와의 협의에 의해 인지는 생략합니다.

CONTENTS

NEO MODERN FANTASY STORY & ADVANTURE

REVENGE
HUNTING

REVENGE

1. 재회

HUNTING

NEO MODERN FANTASY STORY & ADVANTURE

REVENGE
HUNTING

1. 재회

"죄송해요!"

민아가 머리를 푹 숙이며 말했다. 괜찮다, 라고 말을 하기도 전에 곁에 있던 시헌도 덩달아 머리를 숙였다.

"죄송합니다!"

커다란 목소리로 외치는 사과에 우현은 난감하다는 표정을 지으며 뺨을 긁적거렸다.

"아니, 괜찮아. 그렇게 사과할 것 없어."

듣자 하니, 짧게 사냥을 하기로 한 파티원이 약속을 잡아 놓고서 나타나지 않았다는 모양이다. 그 결원을 메우기 위해서 급히 새로운 파티원을 구하려했지만, 도저히 파티원이 구해지지 않아 아는 사람들한테 연락을 하다가 우현에게 연락이 닿았다는 것이고.

'뭐, 오래 걸리는 것도 아니니까.'

이야기를 들어보니 던전에서 3시간 정도 사냥하는 짧은 파티였다. 스위치의 후유증이 남았더라면 승낙하지 않았겠지만, 바바론가의 마석을 흡수하면서 그 통증도 전부 다 치료가 된 덕에 민아와 시헌의 부탁을 받아들였다. 흡수한 마력으로 불어난 투기를 한 번 시험해 볼 겸도 해서 말이다.

"몇 번 던전이라고 했지?"

"16번 던전이에요."

시헌이 대답했다. 민아와 시헌의 등급은 H. 우현과는 2등급 차이가 난다. 시헌과 민아가 못하다는 것은 아니다. 오히려 평범보다 나은 재능을 가졌다. 등급 심사에서 받을 수 있는 등급 중 가장 낮은 것은 I, 그리고 가장 높은 등급이 F. 그 중간에 낀 것이 G와 H. 평범보다 나은 재능과 적당한 가능성을 협회에서 인정받았다는 뜻이다.

"미안. 급하게 오느라 16번 던전에 대해서 확인을 못했거든. 설명해줄 수 있어?"

연락을 받고서 갑옷을 입고 바로 들어왔기에 슬레이어즈의 게시판을 확인하지 못했다. 마찬가지로 GPS를 다운받지도 못했다. 지금 우현은 파브니르와 라크로시아의 갑옷이 아니라, 원래 사용하던 타이푼2와 셀게이트 아머를 착용하고 있었다. 선하가 경고했던 고스트 헌터를 의식한 것이기도 했고, 괜히 좋은 장비를 입어서 민아와 시헌의 기를 죽이고 싶지 않았기 때문이다.

민아와 시헌의 장비는 그리 좋은 것은 아니었다. 간신히 기본을 넘었다는 느낌이었다. 하지만 둘이 입은 장비는 질적인 면에서는 오히려 황주원이 입었던 것보다는 나았다. 적어도 무기가 무기로서, 또 갑옷이 갑옷으로서 기능하고 있었다.

"16번 던전은 아미레스의 미궁이에요. 길이 좀 꼬여서 GPS가 없으면 돌파하기가 힘들죠. 함정 같은 것은 파악되지 않았고, 등장하는 몬스터는 거대 거미와 검치 쥐, 갑각 개미… 일단 이 정도만 알고 계시면 될 것 같아요. 깊이 들어갈 생각은 없고, 입구 게이트 근처에서 세 시간 사냥하는 것이 예정이니까요."

시헌이 말했다. 거대 거미, 검치 쥐, 갑각 개미. 우현은 몬스터의 이름을 중얼거리며 머리를 끄덕거렸다. 민아가 한숨을 푹 쉬면서 머리를 흔들었다.

"…미안해요, 오빠. 제가 억지를 부린 것 같아서… 선하 언니한테도 전화해 봤는데, 핸드폰이 꺼져 있더라고요."

"어? 아니야. 마침 한가했거든."

우현은 웃으며 대답했다. 그러고 보니 시헌은 지난번에 판데모니엄에서 만났었지만, 민아는 등급심사 뒤풀이 이후로 직접 만나는 것은 처음이었다. 카톡으로는 몇 번 잡담을 했지만 얼굴을 보는 것은 오랜만이다.

"그때, 고기집 이후로 처음이지?"

"…윽."

우현이 웃으며 묻자 민아가 민망하다는 듯이 시선을 돌렸다. 그 날 술에 취해서 부린 추태를 기억하는 모양이었다. 생각해 보면 추태라기보다는 애교라 해도 좋을 수준이지만, 민아 쪽이 부끄러워하니 우현은 더 이상 그 때의 말을 꺼내지 않았다.

"형은 요즘 어떻게 지내요?"

16번 던전의 게이트로 향하던 도중에 시헌이 물었다. 시헌과는 지난번에 만났었다. 우현이 18번 던전, 소루나의 밀림에서 몬스터를 사냥했을 때. 당시의 시헌은 8번 던전인 바고스의 쉼터에서 활동하고 있었다. 그것이 불과 몇 주 전인데, 그 사이에 16번 던전으로 올라올 정도로 성장했다는 뜻이다. 그러고 보니 그때 입은 것과 장비도 다르다.

"나? 어… 아까 전에는 23번 던전에 있었어."

"23번이요? 거기 평균 등급 D잖아요."

민아가 놀란 표정으로 물었다.

"평균 등급은 어디까지나 평균 등급이야. 절대적이지는 않아. 적당히 조심하니까 꽤 할 만 하던데."

대충 둘러서 대답했다. 그 대답에 민아가 신기하다는 듯이 우현을 바라보았다. 우현은 낮게 헛기침을 했다.

"삼인 파티지? 탱커는?"

묻는 말에 시헌은 잠시 생각하는 듯 미간을 찡그렸다. 협회의 규정 상 3인 이상의 파티는 반드시 탱커를 두어야만 했다. 파티 내의 의견 조율과 몬스터에 대한 대처를 확실히 하기 위해서다. 3인 파티의 경우 탱커에게 돌아가는 비율은 전체의 40%, 4인 이상부터는 30%. 시헌과 민아의 눈이 마주쳤다. 둘은 똑같은 생각을 했고, 그것을 알고서 피식 웃었다.

"형이 해 주세요."

"…뭐?"

시헌의 말에 우현이 놀란 표정을 지었다. 그는 곧 머리를 흔들었다.

"야, 잠깐. 나 16번 던전 처음이야. 근데 뭘 탱커를 하라고?"

우현이 어이가 없어서 그렇게 물으니, 민아가 샐쭉 웃었다.

"갑자기 불러서 부탁했는데, 이렇게라도 하는 것이 마음이 편해요. 몬스터의 브리핑은 가면서 하면 되고, 어차피 일반 몬스터 상대니까 탱킹 할 상황은 없잖아요?"

"…아니, 그래도…."

"에이, 형. 너무 빡빡하게 그러지 마요. 저희도 미안해서 그러는 거니까. 너무 미안하면 나중에 술이라도 한 잔 사 주세요."

시헌이 넉살좋게 말했다. 그렇게까지 말하니 우현은 더 이상 거절할 수가 없었다. 그는 난감하다는 듯이 뒷머리를 긁적거리다가 피식 웃었다.

"…뭐, 공짜 싫어하는 사람은 없으니까. 알았어."

우현이 승낙하자 곧바로 시헌과 민아가 출현하는 몬스터에 대해 설명해 주었다. 아미레스의 미궁에서 초반에 등장하는 몬스터는 세 종류다. 갑각 개미, 검치 쥐, 거대 거미.

그 중 가장 위협적인 몬스터는 갑각 개미로, 위기에 처하면 더듬이를 통해 동족을 불러들이는 음파를 내뿜기 때문에 교전에 들어가서 가장 먼저 해야 하는 일은 놈의 더듬이를 잘라버리는 것이다. 더듬이를 무시하고서 놈을 죽여 버렸다가는, 죽은 후에도 더듬이를 통해 동족에게 위치를 알린다.

갑각 개미가 무리를 지어 위험하다면, 개체만의 강함으로 가장 까다로운 것은 거대 거미다. 놈들은 무리를 짓지 않지만, 놈들이 내뿜는 거미줄은 질기고 무기가 잘 들지 않는다. 투기를 능숙하게 사용할 수가 없다면 놈의 거미줄에 몸이 말려 행동이 구속되고 그대로 먹잇감이 된다. 검치 쥐의 경우에는 다른 두 몬스터에 비해서 상대가 비교적 수월하다. 송곳처럼 튀어나온 날카로운 송곳니를 제외한다면 큰 위협요소가 없기 때문이다.

"대충 알았어."

16번 던전의 입구 게이트의 앞에서 우현은 머리를 끄덕거렸다. 시간을 확인해 보니 6시가 조금 넘어 있었다. 사냥 끝내고 집으로 돌아오면 10시 정도 되겠군. 배도 별로 고프지 않으니 상관없다. 우현은 시헌과 민아를 돌아보았다. 둘이 머리를 끄덕거리자 우현이 앞장서서 게이트를 통과했다.

아미레스의 미궁. 이름 그대로 이 던전은 미궁이다. 하늘은 보이지 않는다. 천장은 회색의 벽돌로 덮여져 있고, 끝이 보이지 않는 벽이 쭉 이어진 길은 복잡하게 꼬여있다. 손으로 잡을 수 없는 구체가 둥실거리며 떠서 미궁의 안을 밝히고 있다. GPS가 없다면 길을 잃기 십상이고 몬스터를 해치며 앞으로 나아간 길이 정답이라는 보장도 없다. 막다른 곳에 도착할 수도 있고, 끝나지 않는 미로를 계속해서 헤매게 될 수도 있다.

"GPS는 형한테 맡길게요."

시헌이 GPS를 꺼내 우현에게 건넸다. 파티의 탱커를

맡은 이상 오더부터 하여 길찾기는 모조리 탱커의 몫이다. 우현은 GPS를 받아 들고서 맵을 확인했다. 16번이라면 낮은 편에 속하는데, 길이 제법 복잡하다.

'처음에 맵 공략하기 빡셌겠군.'

우현은 그런 생각을 하면서 발을 뻗었다. GPS 대로라면 이대로 쭉 직진할 시에 세 개로 나뉜 갈림길이 나온다. 선택해야 하는 곳은 오른쪽. 세이브 포인트를 목적으로 두지 않고 적당한 거리에서 다시 입구 게이트로 돌아와야 한다. 그러니 맞는 길을 택해야 할 필요는 없지만, GPS를 확인하니 이쪽으로 가는 길이 움직이기 편하다.

"키긱!"

그리고 소리. 우현은 걸음을 멈추고 발을 뒤로 뺐다. 등 뒤에 걸치고 있던 타이푼 2를 쥐었다. 천장과 벽이 있기는 하지만 던전은 워낙 넓은 탓에 무기를 휘두르는 것에 큰 문제는 없었다. 찍찍거리는 소리가 들렸다. 벽의 아래쪽에 난 구멍을 통해 검치 쥐가 기어나오는 것이 보였다.

"네 마리."

우현이 소곤거렸다. 시헌과 민아가 살짝 머리를 끄덕거렸다. 시헌은 등에 걸치고 있던 창을 뽑아 양 손으로 쥐고 몸을 낮추었다. 민아 역시 방패를 앞으로 들고서 무릎을 낮췄다. 등급 심사 때와 마찬가지로 시헌은 창을, 민아는 한손 검과 방패를 장비하고 있었다.

'자세는 제법 나오는군.'

우현은 둘을 힐끗 보면서 생각했다. 그 이후로 고작 몇 주가 지났을 뿐이지만, 둘은 제법 변해 있었다. 등급 심사 때 처음 몬스터를 만나고서 겁에 질렸던 모습은 보이지 않는다. 우현이 소곤거렸다.

"먼저 갈 테니까 따라 와."

"네."

대답을 듣고서 우현은 몸을 날렸다. 스위치를 사용할 필요도 없다. 16번 수준의 몬스터라면 우현의 적이 되지 못한다. 우현이 달리고 나서야 뒤늦게 검치 쥐가 우현을 포착했다. 놈들의 붉은 눈이 우현을 보고서, 가까운 놈이 소리를 지르며 우현을 향해 달려들었다. 앞으로 튀어나온 날카로운 송곳니가 우현의 몸을 찌르려 들었다.

그보다 우현의 검이 더 길다.

콰직!

크게 휘둘러 내리 찍은 검이 검치 쥐의 대가리를 반으로 쪼개 버렸다. 몸을 뒤로 빼고, 내리 찍은 검을 비틀어 휘둘러서 다시 한 마리.

"케엑!"

괴성과 함께 검치 쥐의 몸이 갈라졌다.

우현이 그렇게 두 마리를 해치운 순간이었다. 민아가 튀어나왔다. 그녀는 방패를 앞으로 세우로서 온 몸으로 돌격했다.

콰직!

우현을 지나친 민아의 방패가 가까운 곳에 있던 검치 쥐의 머리를 갈겼다. 여자라고 생각할 수 없을 정도로 저돌적인 공격이었다. 그렇게 밀려난 검치 쥐가 자세를 잡기도 전에, 민아는 몸을 비틀면서 검을 휘둘렀다.

콰악!

휘두른 검은 검치 쥐의 방어벽을 박살내지는 못했다. 하지만 민아의 공격은 멈추지 않았다.

스텝, 스텝. 그녀의 양 발이 가볍게 움직이면서 검치 쥐의 돌진을 피해냈다. 완전히 피하는 것이 아니다. 검치 쥐의 몸이 스친 순간, 민아는 몸을 붕 돌리면서 방패를 휘둘렀다.

쩌엉!

검치 쥐의 몸이 땅을 뒹굴었다. 그 위로 민아의 검이 떨어졌다.

시헌 역시 가만히 있지는 않았다. 그는 창을 능숙하게 내지르며 검치 쥐를 몰아 붙였다. 시헌에게 접근조차 하지 못한 검치 쥐가 시헌의 창에 머리가 꿰뚫렸다.

'…생각보다 괜찮은데.'

우현은 내심 놀랐다. 고작해야 몇 주가 지났을 뿐인데 민아와 시헌의 움직임은 굉장히 안정적이었다. 검치 쥐가 난이도가 낮은 몬스터라는 것을 감안해도 말이다. 특히 우현이 놀란 것은 민아였다. 등급심사를 같이 했을 때, 그녀에게 제법 재능이 있다는 것은 알았지만 이 정도였을 줄이야. 가벼운 몸놀림으로 몬스터의 공격을 능숙히 피하고, 틈이 보일 때마다 방패와 검을 사용하여 공격을 넣고. 딜러로도 쓸 수 있겠지만 저 몸놀림을 살린다면 회피 중심의 탱커로도 쓸 수 있다.

그것은 시헌도 마찬가지였다. 거리를 주지 않고 몰아붙이는 창은 소형 몬스터부터 대형 몬스터까지 모두 상대가 가능하다. 등급 심사 때 둘의 취약점으로 보였던 체력 역시 상당히 보완되어 있었고, 공격도 결코 가볍지 않았다. 경력이 몇 주밖에 되지 않았다는 것을 감안할 때에 둘은 상당히 준수한 편에 속했다.

'하지만 투기가 너무 적어.'

냉정하게 본다면 그랬다. 그것이 아쉽군. 민아와 시헌은 파티 내에서 큰 존재감을 낼 자질을 가지고 있었다. 둘 모두 탱커로 사용할 수 있었고, 또 딜러로 사용할 수도 있다. 시헌은 대형 몬스터나 비행형 몬스터를 처리하는 것에 특화되었고 민아는 소형 몬스터와 회피형 탱커로 사용할 수 있을 것이다. 우현은 잠시 생각에 잠겼다.

파티의 밸런스에 대해 생각해 보았다. 메인 탱커는 우현이 맡는다. 그리고 어떤 몬스터가 상대인가에 따라 민아와 시헌을 서브 탱커로 둔다. 로테이션을 돌린다면 조금 더 여유로워진다. 밸런스는 좋다. 어떤 몬스터를 상대로도 대응할 수 있고, 선하를 메인 딜러로 넣는다.

여유를 부릴 시간은 없다. 그는 반 년 안에 SS급 헌터였던 전성기 때의 실력을 되찾을 수 있으리라 확신했지만, 데루가 마키나에 대비하기 위해서는 그보다 더욱 강해져야만 했다. 헌터가 된 지 이제 한 달 정도 지났다. 네임드 몬스터의 마석을 두 개나 흡수했고, 일반 몬스터에게도 마석을 뽑아낼 수 있는 덕에 우현의 성장은 폭발적이다. 하지만

아직 부족하다. 데루가 마키나를 잡을 방법은 보이지 않는다. 우현은 입술을 잘근 씹었다. 아무리 해도 혼자 강해지는 것만으로 데루가 마키나를 쓰러트릴 수 있을 것 같지는 않았다.

하지만 여럿이라면? 호정의 세계에서 SSS급의 헌터는 한 명 뿐이었다. 그리고 이 세계에서도 마찬가지다. SSS급의 실력을 가진 헌터가 더 많아진다면?

'아니, 아직은 너무 일러.'

지난번에도 시헌에게 마석을 줄 것에 대해 생각했다가 주지 않는 것으로 결론을 내렸다. 사적인 감정은 배

제해야 한다. 우현은 머리를 들었다.

"가자."

일단 조금 더 보는 것으로 결론을 내렸다.

◎

"수고하셨습니다!"

게이트를 나오고서, 시헌과 민아가 우현에게 머리를
꾸벅 숙였다. 3시간에 걸친 사냥이 끝났다. 우현은 둘의
인사를 받으면서 웃었다.

"너희도 수고했어. 정산은 내일 하려 하는데, 문제없
지?"

"전 상관없어요. 형이 뭐 돈 떼먹을 리도 없고."

시헌이 웃으며 대답했다. 우현은 민아 쪽을 힐끗 보았
다.

"저도 뭐, 괜찮아요. 돈 급한 것도 아니니까."

민아는 땀에 젖은 이마를 손으로 쓱 닦으면서 대답했
다. 둘의 대답에 우현은 머리를 끄덕거렸다.

"알았어. 그러면 내일 2시에 판데모니엄 내 협회 건물
앞에서 보자."

"네. 오늘 도와주셔서 감사합니다."

"아냐. 다음에도 이런 일 있으면 불러줘. 상황봐서 갈

수 있으면 꼭 갈테니까."

우현은 시헌의 어깨를 두드리면서 말했다. 민아는 무언가 생각에 빠진 듯 골몰한 얼굴이었다. 우현은 머리를 갸웃거리며 그런 민아 쪽을 힐끗 보았다. 턱을 만지작거리면서 생각에 잠겨 있던 민아가 시선을 들어 우현을 바라보았다.

"저기, 오빠."

"응?"

"아까 전에, 어떻게 한 거예요?"

민아가 우현을 빤히 보면서 물었다. 그 갑작스러운 물음에 우현은 머리를 갸웃거렸다.

"뭘 말하는 거야?"

우현이 되묻자, 민아는 이상하다는 듯이 머리를 갸웃거렸다.

"그러니까… 오빠가 갑각 개미 상대로 공격했을 때요. 갑각 개미 7마리였을 때. 돌진해서 갑각 개미한테 달려들고, 처음에 공격 넣고… 그 뒤에. 갑각 개미 두 마리가 오빠 덮쳤잖아요. 그 순간에…."

아.

무슨 말을 하는 것인지 깨달았다. 슬슬 돌아가야겠다 싶어서 방향을 틀고 입구 게이트로 돌아오던 때의 일이다. 7마리의 갑각 개미 무리와 마주쳤고, 우현이 선공으로 들어갔다. 선두에 있는 놈의 더듬이를 끊는 순간 뒤에 있던 두 놈이 우현의 등을 덮쳤다.

스위치를 썼다. 밸런스를 속도로 기울이고 공격을 피하고서, 다시 밸런스를 맞추고 두 놈의 더듬이를 단 번에 끊어냈다.

"갑자기 오빠 움직임이 확 빨라졌는데. 어떻게 한 거예요?"

"…잘 모르겠는데. 나도 그때 좀 놀랐거든."

"위기상황에서 나오는 힘 같은 거예요?"

민아가 머리를 갸웃거리며 물었다.

"그렇지 않을까?"

우현은 어색하게 웃으며 대답했지만, 내심 놀랐다. 스위치를 사용한 것은 순간이었다. 그리고 스위치를 노골적으로 사용한 것도 아니었다. 피할 수 있을 정도로 조절했고, 그렇게 해서 늘어난 속도는 미묘한 정도였다.

하지만 민아가 눈치 챘다. 그 미묘한 속도의 변화를 눈치 챈 것이다. 우현은 눈을 가늘게 뜨고 민아를 힐끗 보았다.

'관찰력이 좋은 건가. 아니, 센스도 좋아.'

민아의 임기응변은 탁월할 정도였다. 검과 방패를 다룬지 한 달도 되지 않았다고는 믿을 수 없을 만큼. 투기의 양이 적다뿐이지 민아는 틀림없이 재능이 있었다. 그리고 독기. 지친 얼굴로 땀을 뻘뻘 흘리면서도 움직임을 멈추지 않는 민아는 저 순해 보이는 얼굴과 어울리지 않을 정도였다. 단순 재능만 놓고 보면 시헌보다 아득히 위일 것이다.

그렇다고 시헌이 부족한 것은 아니었다. 시헌은 거리를 재는 것이 탁월했다. 장병기인 창을 다루는데에 거리를 재는 능력은 필수적이다. 내가 맞지 않고 상대가 맞을 거리를 아는 것. 상대가 다가오게 하는 것.

이대로 성장한다면 둘은 뛰어난 헌터가 될 것이다. 지금도 가진 경력에 비하면 실력이 월등하다.

"벌써 돌아가십니까?"

불쑥 말이 걸려왔다. 우현은 머리를 돌렸다. 던전 내에서 몇 번인가 마주친 파티였다. 아무래도 저쪽도 짧은 사냥 파티인 듯, 루트가 겹치는 일이 많아 몇 번 마주치면서 안면을 트고 인사까지 나눈 사이다.

"예."

우현이 대답하자 파티의 리더로 보이는 남자가 활짝 웃었다. 그는 금발의 백인이었는데, 우현에게 성큼거리며 다가오더니 손을 불쑥 내밀며 말했다.

"몇 번 마주친 것도 인연인데 통성명이나 하는 것이 어떻습니까? 저는 해리라고 합니다."

"우현입니다."

우현은 대수롭지 않게 해리의 손을 맞잡으며 자신의 이름을 밝혔다. 해리의 시선이 우현의 장비를 쓱 살폈다. 해리는 우현의 손을 놓고서 시헌과 민아 쪽을 보더니 이를 드러내며 웃었다. 시헌이 멋쩍게 마주 웃으며 이름을 밝혔다.

"시헌입니다."

"민아라고 해요."

"세 분은 언제나 이 던전에서 사냥하시는 겁니까?"

해리가 물었다. 시헌이 머리를 흔들며 대답했다.

"아뇨. 우현이 형은 다른 던전에서 활동하고, 저와 민아 누나만 이 던전에서 활동하고 있어요."

"아, 그렇습니까? 그러면 우현씨는 어느 던전에?"

"아직 정하지 않았습니다."

우현의 대답에 해리가 가만히 머리를 끄덕거렸다. 그는 시헌과 민아 쪽을 힐끗 보더니 다시 웃었다.

"저희 파티도 요즘 이 던전에서 사냥하고 있는데, 언젠가 또 만날지도 모르겠군요. 다음에 또 만납시다."

해리는 그렇게 말하며 몸을 돌렸다. 해리와 그의 파티가 멀어지는 것을 힐끗 보던 우현은 시헌과 민아 쪽을 보았다.

"그러면, 내일 2시에 만나는 것으로 하자."

"네."

시헌과 민아가 머리를 끄덕거렸다. 우현은 잠시 생각하는가 싶더니 시헌과 민아에게 말했다.

"보니까, 저 정도 수준의 던전이면 너희 둘로도 돌파할 수 있을 것 같아. 무리짓는 몬스터만 잘 피하면 말이야."

"진짜요? 아무래도 불안해서 둘로는 가지 않았는데."

"너희 둘, 무기 상성도 잘 맞으니까… 아예 고정파티생각하고서 둘끼리 손발을 확실히 맞추면 파티 밸런스잡는 것도 도움이 될 것 같은데."

립 서비스로 하는 말은 아니었다. 파티의 주력이 될수 있을 둘이 손발이 정확히 맞는다면 어중이 떠중이를데리고 와 머릿수를 불리는 식이어도 파티를 확실하게이끌 수 있다. 지금 시헌과 민아에게 필요한 절대적인것은 경험이었다. 초반에 경험을 확실히 다져 놓아야 한다.

"알았어요. 그러면, 내일부터 저랑 민아 누나 둘이서해 볼게요."

"다시 말하지만, 너무 무리하지는 마. 5마리 이상 되는 몬스터는 가급적 피하고."

"네."

민아가 머리를 끄덕거리며 대답했다. 우현은 머리를

끄덕거리며 인사를 한 뒤 판데모니엄을 나왔다. 바깥에 나와 시간을 확인하니 11시가 다 되어가고 있었다.

"…자아. 그럼…."

몬스터에게 마석을 뽑아 낼 시간이다. 바바론가의 마석은 이미 흡수하였고, 남은 것은 일박이일 동안 23번 던전에서 사냥한 몬스터와, 오늘 16번 던전에서 사냥한 몬스터의 마석을 뽑는 일이다. 우현은 갑옷을 벗고서 잠궈 놓은 방문을 열었다. 거실에서 깔깔거리는 웃음소리와 TV 소리가 들리고 있었다.

"우현이 왔니?"

현주와 함께 쇼파에 앉아 있던 어머니가 웃으며 말했다.

"예. 늦어서 죄송합니다."

우현은 머리를 살짝 숙이며 말했다. 어머니는 머리를 흔들었다.

"아냐, 늦을 수도 있는 거지. 어디 다친 곳은 없고?"

"예."

"밥은 먹었니?"

생각해 보니 먹지 않았다. 하지만 그리 배가 고픈 것도 아니라서, 우현은 머리를 끄덕거렸다.

"예, 먹었어요."

그는 그렇게 말하면서 화장실의 문을 열었다.

"샤워하고 자겠습니다."

문을 잠궜다. 우현은 한숨을 푹 내쉬면서 욕조를 바라보았다. 바바론가를 팔아서 번 돈이 약 9억. 그리고 내일이면 선하에게서 베드로사를 잡은 돈으로 1억이 들어올 것이다. 그렇게 해서 10억. 이 정도 금액이면 수도권 내에서 집을 하나 구할 수 있을 것이다. 아파트? 빌라? 아니. 우현은 머리를 벅벅 긁었다.

'단독주택이 좋을 것 같은데. 창고 딸린 놈으로.'

매물이라도 알아봐야 하나. 우현은 한숨을 쉬면서 몬스터의 사체를 꺼냈다. 아무래도 몇 시간은 걸릴 것 같은데. 거의 이틀 동안 사냥한 것이니 몬스터의 사체가 너무 많았다. 적당히 나눠서 해야겠군. 너무 오랫동안 화장실에 들어가 있다가는 가족이 걱정할 것이다.

'…일단 23번 던전 몬스터부터.'

켄타우로스의 시체를 꺼내면서 한숨을 뱉었다.

총 두 번에 걸쳐서 작업을 끝냈다. 샤워하겠다고 들어가서 한 시간 정도, 그리고 어머니와 현주가 잠든 틈에 마무리. 그렇게 해서 만든 마석은 거의 주먹 하나 정도의 크기였다.

'일단 흡수는 보류하고.'

바바론가의 마석을 흡수한지도 얼마 되지 않았다. 바바론가의 마석을 흡수하면서 투기가 거의 두 배 가까이 불었으니, 지금 당장 마석을 흡수할 필요는 없다. 이건 일단 비상금 형식으로 둘까. 정 마석이 필요하게 된다면 그때 가서 흡수해도 늦지 않다. 우현은 이마에 흐르는 땀을 닦으며 피범벅인 욕실을 질린 얼굴로 내려 보았다.

"독립해야겠어."

우현은 진지한 얼굴을 하고서 중얼거렸다.

◎

"바바론가 잡았다면서?"

우현이 꺼내는 사체를 확인하면서 강만석이 물었다. 강만석이 사체를 확인하는 것을 바라보고 있던 우현은 머리를 끄덕거렸다.

"네."

우현의 대답에 강만석은 허허 웃으면서 우현을 올려 보았다.

"내가 너 초기 등급 심사 때 보면서 느끼긴 했는데… 허 참. 괴물이라고 생각은 했다만, 이렇게 빨리 괴물처럼 될 줄이야."

"사람한테 괴물이 뭡니까? 괴물이."

"새끼야, 내가 뭐 틀린 말 했냐? 이제 갓 헌터 된 F급 애송이가 바바론가를 잡았다. 진짜라고 말해줘도 믿을 새끼가 없을 거다. 거기에 그 파티가 경력 한 달 F급 두 명에 E급 한 명인 파티라고 덧붙인다면 더더욱."

강만석은 피에 젖은 손을 툭툭 털면서 몸을 일으켰다. 그는 허리를 우둑거리면서 비틀더니 품을 뒤져 담배를 꺼냈다.

"덕분에 지금 난리야."

"무슨 소리입니까?"

우현이 머리를 갸웃거리며 물었다. 강만석은 입에 문 담배에 불을 붙이면서 말없이 연기를 빨았다.

"너무 튀었다고."

그는 그렇게 말하면서 입술을 열어 연기를 뿜었다.

"루키는 항상 주목받지. 잘 키워서 대박 터트리게 하려는 마음도 있고, 아니면 그냥 상품으로 이용해서 광고 효과 얻으려는 것도 있고."

"제가 루키라는 겁니까?"

"엄밀히 말하자면, 너랑 강선하."

강만석이 중얼거렸다.

"초기 등급 심사 때 한국 최초로 F급을 받은 둘. 초기 등급 심사에서 둘이 동시에 F를 받은 것은 동아시아 최초이기도 했지. 가뜩이나 주목 받는 루키였는데, 네임드 몬스터까지 잡아 왔어. 상위 등급의 헌터와 함께 한 것도 아냐. 탱킹한 것도 너였다며? 말이 안 되는 일이지."

"…뭐, 그럴 수도 있죠."

"그럴 수도 있기는 하지. 마석 먹었으면."

강만석이 우현의 얼굴을 빤히 보았다. 우현은 강만석의 말에 입술을 다물고 그의 얼굴을 마주 보았다.

"무슨 뜻입니까?"

되묻는 말에 강만석은 머리를 옆으로 돌려 가래침을 뱉었다. 그는 담배를 톡톡 털면서 말을 이었다.

"알아봤는데, 강선하 아버지… 예전에 없어진 제네시스의 길드 마스터였더군. 알고 있지?"

"…예."

"너희, 유명인 됐어. 장비에 대한 이야기도 많고. 네가 가진 파브니르, 라크로시아의 갑옷… 그리고 강선하의 쿠모고로시, 흑비갑. 모두 다 네임드 몬스터의 사체로 만든 것이고, 세상에 하나뿐인 주문제작품이야. 당시보다 던전이 많이 열리기는 했지만, 지금도 부르는대로 팔리는 장비들이지. F급 헌터가 그것을 입고 있는 거야. 거기에 네임드 몬스터까지 잡았지. 지금 협회 내에서 무슨 이야기가 돌고 있는 줄 알아?"

"모릅니다."

"죽은 제네시스의 길드 마스터가 가지고 있던 유산이 너희한테 계승되었다는 것. 뭐 이건 헌터법에 위법되는 것도 아니니 문제가 없어. 그런데, 법이랑 사람 마음은 또 다른 것이거든. 이 업계에 돈 없고 능력 없고 연줄 없어서 하위 던전 굴러다니는 헌터가 얼마나 될 것 같냐. 그런 새끼들이 너희 보면 또 존나 마음에 안 들겠지. 누구는 운 좋아서 쭉쭉 나가는데, 지들은 가진 것 없어서 이 모양 이 꼴이랍시고."

강만석이 낄낄거리며 웃었다. 우현은 그런 강만석의 얼굴을 빤히 보다가 물었다.

"당신도 그렇습니까?"

그 물음에 강만석은 눈을 동그랗게 떴다.

"나? 나는 뭐, 별 신경 안 쓴다. 운 좋은 것도 재주지. 상비 먹고 마석먹었답시고 다 잘나가는 것도 아니고. 먹은 만큼 잘 하면 그건 또 그 놈 재주겠지. 너흰 재주 좋은 거고."

강만석은 그렇게 말하다가 멈칫 굳었다.

"그래서, 마석 먹었냐?"

강만석이 묻는 말에 우현은 쓰게 웃으면서 머리를 끄덕거렸다.

"예."

"진짜? 와, 씨발. 강선하 그 계집애 통 존나 크네. 너희 대체 뭐야? 뭔 관계야?"

"…관계? 사냥 파트너, 뭐 그 정도인 것 같은데."

"그런데 마석까지 먹여? 그 계집애, 너한테 딴 마음

있는 것 아냐?"

"그런 것 아닙니다. 그리고 마석은 선하네 아버지가 가지고 있었던 것도 아니고요."

"…뭐? 그러면 뭐야?"

강만석이 눈을 동그랗게 뜨고 물었다.

"18번 던전 갔을 때, 둘이서 같이 베드로사 잡았었어요. 거기서 마석 나왔고, 선하가 그거 저한테 줬습니다. 조금 이따가 선하랑 다시 협회 와서 베드로사 사체 처분할 거예요."

강만석의 입이 떡 벌어졌다.

"베드… 베드로사?"

"예."

"씨발, 바바론가 말고 베드로사까지 잡았다고? 너희 대체 뭐하고 다니는 거야?"

강만석이 어처구니가 없다는 듯이 내뱉었다.

"운이 좋았어요. 밤에 둘이서 던전 돌아다니다가 베드로사를 만났거든요. 바바론가도 그렇고."

그 말에 강만석은 벌렸던 입을 다물고서 한숨을 푹 쉬었다.

"미친, 전생에 나라를 구했나…."

네임드 몬스터의 출현은 전부 랜덤이다. 적어도 알려지기에는 그랬다. 일반 헌터의 경우 네임드 몬스터를 마주칠 확률은 굉장히 적은 편이며, 보통 네임드 몬스터를 노리고 던전에 상주하는 파티의 경우, 짧으면 며칠이고 길면 몇 주일 동안은 그 던전에 발이 묶인다. 그런데 한 달 만에 두 마리나 되는 네임드 몬스터를 잡았다니. 강만석은 믿을 수 없다는 얼굴로 우현을 바라보았다.

"…두 마리… 한 마리만 잡으면 등급 올릴 수 있겠네."

"아, 그래. 그거도 조금 궁금했는데. 세 마리 잡으면 등급 오른다고 했죠? 그게 정확히 어떻게 오르는 겁니까?"

"오르는 등급은 딱히 정해져 있지 않아. 등급 낮은 놈이 높은 등급 잡으면 당연히 그만큼 등급이 오르지. 베드로사랑 바바론가… 남은 한 마리는 뭘 잡아도 못해도 C급 까지는 가겠네. 허허, 씨발."

강만석은 머리를 흔들면서 중얼거렸다. 믿기 힘든 일이지만 실제로 눈 앞에 사례가 있으니 안 믿을 수도 없었다. 강만석은 입맛을 다시면서 다시 우현을 바라보았다. 운도 좋고, 재능도 좋고. 강만석은 쩝쩝거리며 입술을 핥다가 다시 입을 열었다.

"…일단 알았다. 내가 말했지? 너희 주목받고 있다고."

"예."

"너무 나대지는 마라."

강만석이 말했다. 그 말에 우현이 눈을 동그랗게 떴

다. 강만석은 그런 우현의 표정을 보면서 자신의 입술을
찰싹 때렸다.

"말이 조금 이상하게 나갔구만. 그러니까, 내 말이 뭔
뜻이냐면… 너무 튀지 말라는 거야. 튀어서 좋을 것 없
어. 세상은 무난하게, 적당히 사는게 제일이거든. 너무
튀다가는… 배척받는 거고. 너희 노리는 새끼들도 생길
지도 몰라."

"고스트 헌터 같은?"

"잘 아네. 그 씨발 새끼들. 헌터 자격을 박탈해도 임시
방편일 뿐이야. 자격 박탈 되었어도 판데모니엄 들락거
리는 새끼들은 얼마든지 있어. 진짜 자격 박탈하려면 죽
이던지 해야 되는데, 인권따지는 선량하신 분들은 사형
이라는 것을 또 거부하시지. 그렇게 해서 생겨난 타지도
않는 쓰레기들이 썩은내를 폴폴 풍긴다고. 너 같이 튀
고, 경력 없으면 좆밥인데 몸에 금칠한 걸로밖에 안 보
일 거야. 딱 좋은 먹잇감이지."

"…주의하고 있습니다."

"그렇다면 다행이고. 주의한다고 해서 뭐 어떻게 되는
것은 아니다만… 차라리 그 쯤 되면 대형 길드에 들어가
서 몸을 의탁하는 것도 좋을 거다. 빽은 있어서 나쁠 것
없거든."

강만석은 그렇게 말하며 옆구리에 끼고 있던 서류를

들었다. 그는 서류에 싸인을 하고서 우현에게 돌려 주었다. 어제 시헌과 민아랑 16번 던전에서 잡은 몬스터의 처분 값은 640만원이었다. 여기서 우현의 몫으로 40%인 256만원이 돌아가고, 시헌과 민아에게 각자 192만원이 돌아간다. 그리고 23번 던전에서 잡은 몬스터의 처분값은 2800만원. 마찬가지로 탱커였던 우현에게 1120만원이, 선하와 김연철에게는 840만원씩 값이 돌아간다.

우현은 강만석에게 인사를 하고서 천막을 나왔다. 그리고는 협회 건물로 들어가 파티원의 계좌로 정산금 분배를 요청했다. 서류 처리가 끝나고서 각자의 통장에 금액이 입금되었다. 그 절차가 끝나고 나서 우현은 1층으로 내려갔다.

"다 끝났어요?"

앉아 있던 시헌과 민아가 몸을 일으켰다. 우현은 머리를 끄덕거렸다.

"어제 잡은 몬스터 처분해서, 너희 몫으로 각자 192만원씩 입금되었어. 확인해 봐."

우현의 말에 시헌이 씩 웃으며 말했다.

"뭐, 이따가 나가서 확인하면 되죠."

"오빠는 이제 어디 갈 거예요?"

민아가 머리를 갸웃거리며 물었다.

"나? 나는 일이 있어서. 선하랑 3시에 여기서 만나기로 했어."

우현의 말에 민아가 조금 놀란 표정을 짓더니 샐쭉 웃
었다.

"그 사이에 선하 언니랑 뭐 좀 했나 봐요?"

은근히 묻는 말에 시헌의 얼굴이 붉게 달아올랐다.

"왜 네가 빨개지는 거야?"

우현은 그런 시헌을 보면서 어처구니없다는 얼굴로
물었다. 시헌은 머리를 돌려 낮게 헛기침을 하더니 머리
를 흔들었다.

"뭐, 뭐… 선하 누나는 예쁘니까요."

"…뭘 생각하는지 모르겠는데, 너희가 생각하는 그런
사이 아니야. 그냥 서로 손 잘 맞아서 사냥하고 그런 사
이지. 너희랑 똑같은 관계야."

"그래요? 그러면 문제없겠네."

민아가 태연스런 얼굴로 머리를 끄덕거렸다. 그 말에
시헌은 어이가 없다는 듯 민아를 바라보았다.

"와, 이 누나가 아무렇지 않게 남자 가슴에 대못을 박
네."

시헌의 투덜거림에 민아가 기가 찬다는 듯이 시헌을
힐끗 보았다.

"너희는 어쩔 건데?"

"저희는 바로 16번 던전으로 가보려고요. 어제 오빠가

한 말대로, 저랑 시헌이 둘이서 한 번 돌아볼 생각이에요."

"어제도 말했지만, 너무 무리하지 않는 것이 좋아."

우현이 경고했다.

"걱정 마요. 죽고 싶은 마음은 없으니까."

민아가 활짝 웃으며 말을 받았다. 우현은 우두커니 서서 16번 게이트 쪽으로 떠나는 시헌과 민아를 배웅했다. 시간을 확인해 보니 3시까지 얼마 남지 않았다.

적당히 시간을 때워볼 마음으로 협회 건물 옆의 무기 상점으로 들어갔다. 판데모니엄의 폐건물은 대형 길드의 길드 하우스나 협회의 건물, 헌터의 편의를 위한 상점들로 운영되고 있다. 장비를 바꿀 일은 없었지만, 어차피 시간 때우기다.

약속 시간에서 10분 정도 남았을 무렵, 우현은 무기점을 나왔다. 협회의 입구 쪽으로 향하니 선하의 모습이 보였다. 흑비갑과 쿠모고로시를 장비한 선하는, 우현이 다가오는 것을 보고 머리를 갸웃거렸다.

"먼저 와 있었던 거야?"

"응. 시헌이랑 민아 만나느라."

우현이 대답하니 선하가 조금 놀란 표정을 지었다.

"둘은 왜?"

그 물음에 우현은 어깨를 으쓱거렸다.

"어제 걔네 둘이랑 16번 던전에 갔었거든."

"피곤하다고 먼저 갔었잖아."

"금방 풀리더라고."

우현의 대답에 선하는 미간을 찡그리며 우현을 노려보았다. 그것도 잠시, 그녀는 시선을 거두더니 크게 숨을 뱉었다.

"뭐, 내 알 바는 아니지."

그녀는 그렇게 중얼거리며 몸을 돌렸다.

"베드로사를 처분하려는 거야?"

"응."

"강만석씨, 기억해?"

우현의 물음에 선하의 걸음이 멈추었다. 그녀는 머리를 돌려 우현을 바라보았다.

"초기 등급 심사 때의?"

그녀의 물음에 우현이 머리를 끄덕거렸다.

"응. 아까, 시헌이랑 민아랑 같이 잡았던 몬스터 처분하면서 그 아저씨 다시 만났어. 우리 얘기 하더라고."

"…무슨 얘기?"

"우리 최근에 너무 뜨고 있다고. 사실 맞는 말이기는 해. 초기 등급 심사 본 것이 한 달 전인데, 그 사이에 네임드 몬스터를 두 마리나 잡아 버렸잖아. 이런 장비도 착용하고 있고."

"한 달 안에 네임드 두 마리 잡으면 안 된다는 헌터 법은 없어. 장비 문제도 마찬가지고. 게다가 우리한테 부정은 아무 것도 없었잖아."

"그건 그렇지만, 주목 받아서 좋을 것은 없지. 안 그래?"

우현의 말에 선하의 눈이 가늘어졌다. 냉정하게 생각해 본다면 주목 받아서 좋을 것이 없다는 우현의 말이 옳다. 너무 튀어나간 못에는 망치가 떨어지는 법이다. 선하는 잠시 생각하는가 싶더니 시선을 들어 우현을 보았다.

"…네 말은 알겠어."

자기 고집을 세우지 않는다. 선하는 머리를 끄덕거렸다. 어젯밤, 우현과 헤어지고 나서. 선하는 잠들기 전에 자신의 행동에 대해 생각해 보았다. 그녀는 자신의 부족함과 조급함, 그리고 억지를 확실히 마주 보았다. 그리고 그것을 인정했다. 모든 것이 애매해. 내가 그래. 선하는 한숨을 내쉬었다. 아버지의 죽음을 복수하고 싶으면서도 구체적으로 무엇을 해야 할 지는 아무 것도 모른다. 그저 어렴풋이 제네시스를 재건하면 되지 않을까, 라고 생각하고 있을 뿐.

하지만 그것도 너무 서두르다가는 될 일도 되지 않는다. 못 참고 뚜껑을 먼저 열어버리면 밥이 설 익을 뿐이다. 네임드 몬스터의 출현 패턴을 파악하고 있다는 것은 밝혀서 좋을 것이 없는 정보다. 연이어 네임드 몬스터를 잡는다면 당연히 의심을 받을 것이다.

"원래라면 바로 다음 네임드 몬스터를 잡을 생각이었는데, 그건 그만두는 편이 좋을 것 같아. 목표는 다음 등급 심사 까지 못해도 두 등급을 올리는 거였지만… 그렇게까지 한다면 주목을 너무 받겠지. 다음 등급 심사까지 한 마리를 더 잡는 것으로 조정할게."

"좋아. 생각해 둔 네임드 몬스터는 있어?"

"…일단 보류. 나중에 이야기 해 줄게."

"그렇다면 당분간은 한가하겠군. 너는 뭐 할 생각이야?"

협회의 건물로 들어가면서 우현이 물었다. 그 물음에 선하는 잠시 생각하는가 싶더니 어깨를 으쓱거렸다.

"던전 하나 잡고서 몬스터나 잡아야지. 분기별 등급 심사에서는 심사를 통해 실력도 검증하지만, 헌터로서의 실적도 확인해. 알아?"

"알지."

"심사 컷은 채워야 해. 등급보다 상위 던전에서 실적을 올릴수록 오를 수 있는 등급의이 높아져. …보니까, 지금 우리 장비로는 25번 던전까지는 괜찮을 것 같아."

25번 던전이라. 슬레이어즈로 알아봐야겠군. 우현은

머리를 끄덕거렸다. 선하는 대기표를 받고서 우현의 곁으로 돌아왔다.

"그러고 보니."

우현이 입을 열었다.

"시헌이랑 민아 만나서 같이 사냥했었다고 했지?"

"응."

"둘, 실력 괜찮더라. H등급 중에서는 탑급이라고 생각해. 경력 짧은 것 생각하면 대단할 정도야."

"너랑 나도 그들이랑은 경력은 같아."

선하가 냉정한 얼굴로 대답했다. 하지만 우현은 머리를 흔들었다.

"경력 같지만 많이 다르지. 엄밀히 말하자면 네가 헌터가 된 것은 일 년 전이잖아. 나는 베드로사의 마석도 흡수했고."

"무슨 말을 하고 싶은 거야?"

"말 그대로야. 둘, 괜찮다고. 아직은 아닌데, 조금 더 무르익으면 충분히 쓸 만 하겠어. 장비 받쳐주고, 투기양만 좀 늘어나면."

"나중의 이야기잖아. 지금 당장은 쓸 수 없어."

"제네시스를 재건하고 싶다며?"

우현이 물었다. 그 물음에 선하의 얼굴이 살짝 굳었다.

"길드 창설에 필요한 최소 인원은 넷이지. 너랑 나 해서 둘. 두 명은 더 있어야 돼. 뭐, 사람 구하기는 쉽겠지. 하지만 네가 말했잖아. 믿을 수 있는 사람으로 구하고 싶다고. 경력 있는 사람은 싫다고. 그러면 경력 없는 초짜를 길드로 들여야 해. 경력 없고, 믿을 수 있고, 잠재력 있고. 네가 바라는 사람이 딱 그런 것 아냐?"

우현의 물음에 선하는 입을 다물었다. 경력이 없는 헌터를 구하는 이유는 간단했다. 경력이 있다는 것은 다른 헌터와 면식이 있다는 것. 네임드 몬스터의 출현 정보는 큰 가치가 있는 정보다. 그것이 새어나갈까 두려웠다.

"내가 보기에는 시헌이랑 민아가 그 둘에 적합하다는 거야. 뭐, 결정을 내리는 것은 너지만. 나는 내 의견을 말할 뿐이고."

"…그래. 넌 어차피 반 년 뒤에는 떠날 테니까."

"멋대로 말하시네."

우현은 이죽거리면서 다리를 꼬았다.

"반 년 뒤에 내가 어찌 될지 네가 어떻게 알아? 반 년 뒤에 난 뒈졌을 지도 몰라. 몬스터랑 싸우다가. 어쩌면 병신 장애인 됐을 지도 모르고."

"…뭐 이리 부정적이야?"

"미래에 어찌 될지 모른다는 거야. 내가 너랑 약속한 기간은 반 년이었지만, 내가 마음에 들면 계속해서 너랑 같이 있을 수도 있다는 거지. 너는 어때? 반 년 뒤에 내가 떠났으면 좋겠어?"

"…사적인 감정 제하고 말하는데, 아니."

선하가 한숨을 쉬며 대답했다.

"바바론가와 싸울 때, 너는… 대단했어. 솔직히 압도되었을 정도야. 나는 일 년 먼저 헌터가 되었지만… 너처럼은 움직일 수 없어. 아무리 마석을 하나 먹었다고 해도 너와 나의 투기 총량은 엇비슷하다고 생각했는데. 네가 투기를 다루는 컨트롤은… 나로서는 흉내낼 수 없어."

그야 그렇겠지. 우현은 피식 웃으며 생각했다. 선하는 자신의 경험이 1년 앞선다고 생각하고 있겠지만, 사실은 우현의 경험이 선하보다 몇 배는 더 많다.

"그런 주제에 왜 자꾸 떠나느니 마느니 하는 거야."

"그러면, 안 떠날 거야?"

선하가 눈을 흘기며 물었다. 그 물음에 우현은 피식 웃으면서 어깨를 으쓱거렸다.

"그건 모르지. 반 년 후의 일이니까."

"너 지금 나 간보는 거야?"

선하가 우현을 노려보았다.

"간보기는, 진짜 몰라서 그러는 건데."

우현의 말에 선하는 까득 이를 갈더니 몸을 일으켰다. 그녀의 차례였기 때문이다.

"…시헌씨랑 민아씨에 대해서는 조금 더 생각해 볼게."

"괜히 하는 말은 아니야."

우현은 등을 돌린 선하의 등을 향해 말했다.

"정말로."

◎

"대단하지 않아요?"

시헌이 히히덕거리며 물었다. 그 물음에 옆에 걷고 있던 민아가 머리를 갸웃거렸다.

"뭐가?"

민아는 모르겠다는 얼굴로 되물었다. 그 물음에 시헌은 손에 잡힌 창을 꽉 쥐면서 말했다.

"우현이 형 말이에요."

"그러니까 뭐가."

민아가 순진한 얼굴로 되물었고, 시헌이 미간을 찡그렸다.

"누나는 왜이리 눈치가 없어요?"

묻는 말에 민아의 미간이 찡그려졌다.

"주어도 없이 찍찍 내뱉은 게 누군데?"

툭, 하고 민아가 방패로 시헌의 팔을 밀쳤다. 밀쳐진 시헌이 억울하다는 표정을 지었다.

"머리가 나쁘면 손이 먼저 나간다더니."

"야! 머리가 나쁘긴 뭐가 나빠?"

민아가 뾰족한 목소리로 쏘아붙였다. 그 말에 시헌은 대꾸하지 않고 대신 크게 한숨을 뱉었다.

"…어쨌든. 우현이 형, 우리랑 같이 등급 심사 치루고 헌터 되었는데… 우리랑 비교가 안 되잖아요."

"그래서 대단하다고?"

민아가 되묻고, 시헌이 머리를 끄덕거렸다.

"누나도 봤잖아요? 우리가 몇 대는 때려야 잡는 몬스터 한 번에 썰어 버리는거."

"뭐, 대단하긴 하더라. 그런데 그 오빠, 처음부터 그랬잖아. 등급 심사 때 기억 안나? 곰 잡으라고 해서 우리 다 얼어 있었는데, 그 오빠랑 선하 언니만 아무렇지 않아 했잖아."

민아가 대수롭지 않다는 듯 말했다. 그녀는 그렇게 말하면서 시헌을 힐끗 보았다.

"알아? 너 그때 오줌 쌀 것 같은 얼굴이었어."

배시시 웃으며 하는 놀림에 시헌의 얼굴이 붉게 달아올랐다.

"누나는 뭐, 잘했는줄 아나? 막 죽으려고 했으면서."

"남자랑 여자랑 같니?"

민아가 뻔뻔한 얼굴로 대답했다. 그 대답에 시헌은 크

게 한숨을 내뱉더니 머리를 벅벅 긁었다.

"어쨌든, 우현이 형 멋있잖아요. 안 그래요?"

묻는 말에 민아는 잠시 머리를 갸웃거리더니 머리를 끄덕거렸다.

"뭔가, 음. 어른스러운 매력이 있지. 두 살밖에 차이 안 나는데 말이야. 단순히 과묵한 것일지도 모르지만."

"남자로서는 어때요?"

시헌이 은근히 웃으며 물어왔다. 그 말에 민아는 피식 웃더니 시헌을 흘겨보았다.

"지금 이거 유도신문이야?"

묻는 말에 시헌은 정색하고서 머리를 흔들었다.

"미안한데, 난 따로 좋아하는 사람 있어요."

"너 국악과니?"

민아가 물었다. 그 물음에 시헌이 머리를 갸웃거렸다.

"네? 대학은 국문학과였는데요."

그 말에 민아가 한심하다는 얼굴로 머리를 흔들었다.

"그런 주제에 북 치고 장구 치고는 혼자 잘 하네. 남자로서라, 음… 나는 첫눈에 반했다, 뭐 그런 걸 느껴 본 적은 없어서. 내가 우현 오빠한테 아는 것이 뭐가 있다고? 좀 알아야 사귀고 싶다, 이런 마음이 드는 거지."

"김칫국 혼자 잘 마시네요."

"너 죽을래?"

민아가 으르릉거렸다. 시헌은 그런 민아를 보면서 피식 웃었다. 둘은 지금 16번 던전으로 들어와 있었다. 우현의 말을 듣고 손을 제대로 맞춰보기 위해서였다. 초입을 지났지만 별 어려움은 느끼지 않았다.

"어?"

시헌이 반가운 소리를 냈다. 앞쪽 골목에서 익숙한 얼굴을 보았기 때문이다. 해리였다. 시헌은 넉살 좋게 웃으면서 해리에게 손을 흔들었다.

"안녕하세요!"

"안녕하세요."

해리가 웃으며 말을 받았다. 민아도 살짝 머리를 숙여 인사했다.

"어제랑은 다른 사람들이네요?"

시헌이 머리를 갸웃거리며 물었다. 그 말대로 해리의 파티원은 어제와는 달랐다. 시헌의 물음에 해리는 어깨를 으쓱거리며 대답했다.

"어제 같이 한 친구들은 오늘 일이 좀 있다고 해서."

그는 그렇게 말하며 시헌의 뒤편을 바라보았다. 그는 머리를 갸웃거리며 물었다.

"미스터 우현은 오늘 없는 겁니까?"

"네. 오늘은 저희끼리에요."

"그렇습니까? 어디로 간 겁니까?"

해리가 웃으며 물었다. 그 물음에 시헌은 민아를 힐끗 보았다.

"글쎄요? 협회의 입구 쪽에서 헤어졌는데."

그 대답에 해리가 아쉽다는 듯 한숨을 쉬었다.

"그렇군요. 꼭 만나고 싶었는데."

"네?"

시헌이 되묻는 순간이었다. 해리의 발이 뒤로 빠지고, 그의 옆에 있던 거구의 흑인이 달려들었다. 갑작스러운 돌진이었다. 시헌은 놀란 체로 굳어서 반응하지 못했다. 하지만 민아가 반응했다. 그녀는 급히 발을 옆으로 끌면서 방패를 앞으로 세웠다.

꽈앙!

커다란 충돌음이 울렸다. 민아는 팔이 으스러지는 것 같은 충격을 느끼며 뒤로 밀려났다.

"감이 좋군요."

해리가 감탄했다는 듯이 말했다. 민아는 신음을 참으며 아랫입술을 잘근 씹었다.

"뭐, 뭐에요?"

시헌이 급히 물었다. 그는 민아의 옆으로 나오며 창을 들었다.

"무슨 짓이에요?"

"무슨 짓이기는, 나쁜 짓이지."

민아의 방패를 어깨로 밀어냈던 흑인이 이죽거리며 대답했다. 그는 손으로 어깨를 툭툭 털면서 민아를 보더니 씩 웃었다.

"잘 막았어. 막지 않았으면 저 어리벙벙한 놈 얼굴이 곤죽이 되었을 거야."

그는 하얀 이를 드러내며 웃었다.

"…왜 이러는 거죠?"

민아가 굳은 얼굴을 하고서 물었다. 손목이 아직 아팠다. 충돌을 막아냈던 방패가 찌그러져 있었다. 이런 경우는 처음이다. 방패는 공격을 막게 하기 위해 존재하는 것이다. 당연히 단단해야 한다. 그것이 일격에 찌그러졌다. 몬스터의 공격에도 찌그러진 적이 없는데.

"무슨 짓이냐가 아니라 왜 이러느냐. 잘 물었어. 저쪽 남자보다 낫군."

흑인이 중얼거렸다.

"아프지?"

그는 두꺼운 입술을 벌리며 하얀 미소를 지었다.

"동양 계집이 받기에는 너무 셌나?"

질 나쁜 농담을 흘리며 실실 웃는다. 민아는 슬며시 발을 뒤로 끌었다.

"미스터 우현이 있었다면 좋았을 텐데."

해리가 탄식을 흘렸다. 그는 머리를 흔들면서 앞으로

걸어 나왔다.

"나는 영국인이라서 말입니다. 응? 신사적인 사람이라고요. 레이디를 아프게 하기는 싫다고요."

"당신…."

시헌의 표정이 굳었다. 그는 민아를 힐끗 보면서 날카로운 창끝을 앞으로 세웠다.

"돌은 것 아냐? 헌터가 헌터한테…."

"그런 헌터도 있는 법이지. 당신네 나라에도 있지 않나? 사람을 공격하는 사람 말이야. 살인자던, 강도던. 우리는 둘 다야. 범죄자라는 거지."

흑인이 이죽거렸다. 스릉거리는 소리가 났다. 해리가 검을 뽑은 것이다. 해리가 검을 뽑자 그의 뒤편에 있던 동료들이 앞으로 나섰다. 다섯. 민아는 입술을 잘근 씹었다.

"고스트 헌터라고 알아요?"

해리가 물었다. 그는 뽑은 검신을 눈으로 훑어보며 차가운 미소를 지었다.

"헌터가 아니게 된 헌터를 하는 말인데… 뭐, 그런 겁니다. 나쁜 짓을 해서 자격을 박탈당한 헌터들. 뭐, 모든 고스트 헌터가 나쁜 것은 아니에요. 개중에는 조용히 몬스터만 잡는 헌터들도 있죠. 하지만, 원래 그렇잖아요? 나쁜 사람이 있으면 착한 사람도 있고. 우리는 나쁜 사

람이고, 그게 전부입니다. 그래서 이런 짓을 하는 것이
고."

"…어쩔 생각이에요?"

민아가 물었다. 해리는 씩 웃었다.

"원래는 미스터 우현을 만나고 싶었습니다. 하지만 운
이 없군요. 저희도, 당신도. 얌전히 보내주면 좋겠지
만… 아쉽게도 제 친구들이 성격이 급해서 말입니다. 당
신들은 미스터 우현과 무슨 관계입니까?"

민아도, 시헌도 대답하지 않았다. 둘의 침묵에 해리가
낮게 웃었다.

"제법 친해 보이던데. 우현은 의리 있는 남자입니까?"

다시, 해리가 물었다. 시헌과 민아가 시선을 나누었
다. 도망칠 수 있을까? 상대는 다섯이야. 게다가 아까,
공격을 받으면서 알았다. 상대는 자신들보다 훨씬 강하
다는 것을.

"왜, 영화같은 것에서 많이 나오지 않습니까? 주인공
을 꾀어내기 위해 인질을 잡는 것 말이에요. 아니면, 당
신들을 다치게 한다면… 미스터 우현이 화를 내며 저희
를 잡기 위해 오지 않을까요? 뭐 어느 쪽이든 저희에게
는 좋습니다만. 당신들에게는 그리 좋지 않겠군요."

"…왜 우현 오빠를?"

"우리는 돈이 필요해요. 아주 큰 돈이."

해리가 대답했다.

"그리고 우현은 돈이 아주 많아요. 그게 전부입니다."

해리의 말이 끝났다. 흑인이 다시 앞으로 걸어 나왔다. 그는 등에 걸치고 있던 도끼를 뽑아 들었다. 묵직한 도끼의 날이 위로 올랐다. 어떻게 하지? 시헌의 머리가 빠르게 돌았다. 지금의 상황을 타개할 방법이 있나? 도 망갈 수 있나? 아니면 맞서 싸워? 싸우면 이길 수 있나? 상대는 다섯, 우리는 둘. 수적으로도 불리하고 장비로도 불리하고 실력으로도 불리해. 어떡하지?

의문이 끊이질 않았고, 멈추지 않고 떠오르는 의문 속에서 시헌은 답을 구할 수 없었다. 시헌은 입술을 잘근 씹었다. 민아 역시 굳은 표정으로 자세를 낮추었다. 겁이 없다, 아니다. 민아는 지금 무서워 미칠 것만 같았다. 하지만 그를 숨겼다. 거칠어지는 호흡을 조절하며 민아는 숨을 삼켰다.

도끼가 휘둘러졌다.

쐐애액!

맹렬한 소리를 내며 도끼의 날이 날아왔다. 미리 준비하고 있던 민아는 자세를 낮추며 앞으로 튀어나갔다. 도 망 칠 수 없다. 그렇다면 싸운다. 괜히 도망치려고 몸을 돌렸다가 뒤통수에서 도끼가 떨어지는 것보다 이 편이 나으리라.

"도망치지 않는 겁니까?"

해리가 신기하다는 듯이 물었다. 그런 해리를 향해 시헌은 빠득 이를 갈며 창을 내질렀다. 공격을 택한 것은 시헌 역시 마찬가지였다. 이곳은 던전이다. 있는 것은 헌터 아니면 몬스터 뿐. 어느 쪽이든 좋다. 나타나라. 몬스터던, 헌터던. 어느 쪽이던 나타난다면 시간을 끌 수 있다. 하지만 기왕이면 다른 헌터가 왔으면 좋겠어. 시헌은 그런 생각을 하며 창을 잡은 손에 힘을 주었다.

하지만 시헌의 창은 해리를 꿰뚫지 못했다.

카가각!

위로 들어올린 섬이 창의 궤도를 비틀었다. 그러는 중에 민아는 도끼의 궤적을 파고들며 흑인을 향해 달려들었다. 민아가 쥔 검이 민아의 손에서 빙글 돌았다. 민아는 숨을 삼키며 검을 휘둘렀다.

카앙!

시헌의 창이 그러했듯, 민아의 검 역시 맞지 않았다. 흑인이 뒤로 물러서고, 그 대신에 다른 남자가 앞으로 나왔다. 검. 민아는 자신의 검을 막아 선 남자의 검을 보면서 혀를 찼다.

"진짜 반응 좋네. H급 맞아?"

"H급 맞아. 공격이 엄청 가벼워."

시시덕거리며 농담이 오갔다. 민아는 급히 몸을 뒤로

뺐다. 아니, 그보다 빠르다.

카각!

내지른 검이 민아의 어깨를 스쳤다. 어깨에 걸친 갑옷에 깊은 흠이 파였다.

"해리, 어떡해? 죽여?"

"죽이면 안 되지. 아직 못 정했어. 반죽이고 인질로 삼을지, 아니면 반죽이고 돌려보낼지. 어느 쪽으로 할까?"

해리가 머리를 갸웃거리며 물었다.

파팍!

시헌의 창이 다시 해리의 머리로 날아들었다. 해리는 피식 웃으면서 몸을 비틀었다. 내지른 창이 해리의 몸을 살짝 스쳤다.

"아니면, 이런 방법도 있는데."

거리가 좁혀졌다. 시헌은 급히 발을 뒤로 끌어 해리와 거리를 벌리려 들었다. 하지만 해리의 반응이 더 빨랐다. 해리는 손에 쥔 검을 빙글 돌리더니 시헌의 다리 사이로 검을 내리 찔렀다. 뒤로 끌던 시헌의 다리가 검면에 닿아 비틀렸다.

"윽…!"

시헌의 몸이 비틀린 순간, 해리가 달려들었다. 시헌은 부릅 뜬 눈으로 해리의 옆구리에서 검이 하나 더 뽑히는 것을 보았다. 쌍검. 죽는 건가? 그런 생각을 떠올린 순간,

콰직!

아찔한 통증이 시헌의 머리를 갈겼다. 검자루로 시헌의 뺨을 갈긴 해리는 씩 웃으면서 시헌의 다리 사이에 박힌 검을 뽑았다. 시헌의 몸이 땅을 뒹굴었다.

"아… 으으…."

입 안에서 박살난 이빨의 맛이 났다. 까끌거리는 바스라기와 비릿한 피가 섞였다.

"아프죠?"

해리가 물었다.

"시헌아!"

민아가 기겁하며 시헌을 불렀다.

쫘앙!

휘두른 도끼가 민아의 방패에 박혔다. 민아는 비명을 지르며 땅에 뒹굴었다. 방패 덕분에 팔이 잘리지는 않았지만, 팔에서 저릿한 통증이 올라왔다.

"이건 어떻습니까?"

해리는 쓰러진 시헌의 앞에 쭈그리고 앉으며 물었다.

"미스터 우현의 전화번호나, 사는 곳. 둘 중 하나라도 아시면 알려주세요. 그렇다면 더 이상 아프게 하지 않을 테니까."

그 말에 시헌은 떨리는 눈으로 해리를 올려 보았다. 해리는 사람 좋은 웃음을 지으며 시헌을 내려 보았다.

"나쁘지 않죠?"

그 물음에 시헌의 눈이 바르르 떨렸다. 시헌의 입술이 뻐끔거렸다.

우현의 얼굴을 떠올렸다.

"…좆까."

중얼거리며 한 말에 해리의 얼굴이 차갑게 식었다.

"…미안합니다. 잘 못 들었어요."

해리가 얼굴을 낮추며 물었다.

"판데모니엄에서는 언어가 통일되지 않습니까? 악마어라고 말이에요. 강제 번역인데, 완벽하지 않을 수도 있죠. 좆까라는 건… 그러니까… 무슨 뜻입니까?"

해리가 소곤거리며 물었다.

시헌은 혀를 굴려 입 안을 더듬었다. 찢어진 볼의 안쪽에서 피가 흐르고 있었다. 이빨도 몇 개는 부러졌다. 임플란트는 비싼데. 시헌은 그런 생각을 하면서 손을 들었다.

"…이런 뜻."

가운데 손가락을 세워 보이며 웃었다. 그 웃음에 해리의 표정이 멍해졌다. 그는 머리를 갸웃거리더니,

짜악!

휘두른 손이 시헌의 뺨을 갈겼다. 목이 뽑혀 나가는 것 같은 충격을 느꼈다.

"꺄아악!"

민아가 비명을 질렀다. 그런 민아의 몸에 발길질이 날아왔다.

퍼억!

배에 꽂힌 발이 호흡을 틀어막았다. 민아는 컥컥거리면서 배를 감싸 쥐었다.

"왜 욕을 하고 그래요?"

해리가 소곤거리며 물었다. 그는 시헌의 머리를 내려보면서 발을 들어 올렸다.

콰악!

내리 찍은 발이 시헌의 등을 찍었다. 해리는 못 박힌 곤충 표본처럼 바들거리며 떠는 시헌의 몸을 내려 보면서 머리를 흔들었다.

"의리라도 챙길 생각인가요? 멍청한 짓입니다. 왜 미련하게 아픈 꼴을 겪으려고 합니까?"

"…씨발… 지랄하지 좀…."

"또 욕."

퍼억!

투덜거리는 말과 함께 시헌의 등에 해리의 발이 다시 내리 찍혔다. 시헌의 몸이 부들거리며 떨렸다.

"그만 해…!"

민아가 발악하듯 외쳤다. 해리는 머리를 흔들더니 머

리를 돌려 흑인을 향해 쏘아붙였다.

"잭, 그 여자 좀 닥치게 해. 빽빽거리는 소리는 싫다고. 다른 사람들이 오면 귀찮아져."

"이봐, 들었지? 나는 페미니스트라서, 여자를 다치게 하고 싶지 않단 말이야. 그러니까 쉿. 알았지?"

잭이 이죽거렸다. 민아는 빠득 이를 갈면서 몸을 일으키려 했다. 그런 민아를 보면서 잭은 머리를 흔들었다.

"말을 안 듣는군."

잭이 손을 들었다.

쐐액!

휘두른 손이 민아의 머리로 향했다. 민아의 몸이 낮아졌다. 왼 팔은 쓸 수 없다. 하지만 아직 검이 있어, 검을 놓지는 않았으니까. 민아의 검이 잭의 머리로 날아갔다.

잭의 손에서 도끼가 떨어졌다. 양 팔을 올려 가슴에 붙이고, 위빙. 잭의 허리가 옆으로 돌아갔다. 민아의 눈이 커졌다.

"놀랐어?"

콰직!

짧게 쳐올린 어퍼가 민아의 턱을 날렸다. 머리가 울리고 시야가 하얗게 물들었다. 힘이 풀린 다리는 더 이상 민아의 몸을 지탱하지 못했다. 무릎이 땅에 닿았다.

"체력 단련은 중요하거든. 헌터는 몸으로 싸우니까 말

이야. 우리 경우에는 같은 헌터 상대로도 싸우고. 그래
서 격투기 하나 정도 할 줄 알면 꽤 좋아. 내 경우에는
복싱이었고."

잭이 이죽거렸다. 그 말이 잘 들리지 않았다. 아주 먼
곳에서 들려오는 것처럼, 목소리가 엷었다. 잭이 손을
툭툭 털었다.

"네가 뭔 툼 레이더냐, 블랙 위도우인 줄 알아? 가만
히 입이나 다물고 있을 것이지."

진한 비웃음이 들렸다. 일어서야 해. 입에서 피를 뿜
고, 짓밟히던 시헌의 모습이 떠올랐다. 하지만 몸에 힘
이 들어가지 않는다. 일어설 수가 없다. 민아는 헐떡거
리며 숨을 뱉었다. 피 맛이 났다.

"누나…!"

시헌이 악을 썼다. 해리가 피식 웃더니 머리를 낮추었
다.

"그러게, 말했잖아요. 물어보는 말에 제깍제깍 대답하
면 문제 없다고."

그 말에 시헌의 눈이 바들거리며 떨렸다.

"비겁한 새끼…!"

"비겁이요? 뭐가 비겁합니까? 잭 쪽은 모르겠지만,
저는 비겁한 짓일랑 하지 않았다고요. 당신과 나는 일대
일이지 않았습니까? 그런데 당신이 진 거예요. 뭐가 비

겁합니까?"

해리가 웃으며 물었다. 시헌은 으득 입술을 씹으며 몸을 일으키려 들었다. 해리가 재밌다는 표정을 지었다.

"왜요? 또 해 보려고요?"

해리는 그렇게 물으며 발을 치웠다. 그는 몇 걸음 뒤로 물러서더니 시헌을 바라보았다.

"좋죠. 나는 영국인이거든요. 영화 좋아해요? 킹스맨 봤습니까? 콜린 퍼스 말입니다. 작중에서는 코드네임 갤러해드, 해리라고 불렸죠. 저와 같지 않습니까? 제법 재밌게 봤는데 말입니다. 킹스맨에서 이런 대사가 나와요."

"Manner makes man."

시헌이 중얼거렸다. 그 말에 해리가 박수를 쳤다.

"네, 그거요. 굉장히 인상 깊었어요."

그는 그렇게 말하면서 검을 들었다.

"비겁하지 않게 할 테니까."

창을 꼬나 쥐었다. 쓰러진 민아의 모습이 보였다. 멍하니 풀린 민아의 얼굴을 보고 시헌은 입술을 씹었다. 입 안이 아파. 이빨이 박살났어. 시헌은 머리를 옆으로 돌려 퉤 침을 뱉었다. 박살난 이빨의 파편과 피가 섞여, 철벅거리며 땅에 떨어졌다.

"으아아!"

"시끄럽게."

시헌이 고함을 질렀고, 해리가 중얼거렸다.

쐐액!

찌른 창이 해리의 가슴으로 날아갔다. 해리가 몸을 비틀어 그를 피하는 것과, 시헌이 발을 끌어 뒤로 물러서는 것은 동시였다. 길이는 내 쪽이 더 길어. 다가오게 하면 안 돼. 머릿속에 그런 생각이 가득 찼다. 물러서, 다가오게 하지 마. 빠르게 발을 뒤로 끌고서 견제하기 위해 창을 다시 한 번,

카앙!

창끝과 검이 부딪혔다. 옆으로 비껴난 순간, 창대를 잡고 있던 손이 미끄러지듯 움직였다. 간격을 짧게, 그리고 옆으로 크게 휘둘러친다.

따악!

휘두른 창대가 해리의 팔을 때렸다. 해리의 눈이 가늘어졌다.

괜찮아, 할 수 있어. 자기암시처럼 중얼거렸다. 계속해서 몬스터랑 싸웠으니까. 스스로를 격려하며 다시 창대를 잡은 손을 바꾼다. 찌르는 것 말고 때리는 것도 할 수 있어. 내리 찍을 수도 있어. 창을 아예 돌렸다. 창끝을 자신 쪽으로. 대신 높이 들어올려 해리의 머리로 내리 찍었다. 아니, 맞지 않는다. 몸을 비튼 해리가 땅을

박찼다. 옆으로 훌쩍 뛰어오른 해리는 허리를 비틀며 검을 휘둘렀다. 피하는 것은 시헌도 할 수 있다. 시헌은 자세를 낮추며 해리의 검을 피했다. 그리고 다시 창대를 돌린다. 붕 날아간 창대가 해리의 배를 때렸다.

"…개새끼가."

해리의 얼굴이 일그러졌다. 해리의 움직임이 바뀐 것은 그 순간이었다. 해리의 몸이 시헌의 안으로 파고 들었다. 빠르다. 반응할 수가 없다. 어떡하지? 어떡하면 되지? 시헌의 눈이 커졌다.

죽는다.

그런 생각이 들었다.

"아차."

해리가 중얼거렸다. 써걱거리는 소리, 정신이 하얗게 물들었다. 몸이 뜨거웠다. 전신의 힘이 쭉 빠져나가는 것만 같았다.

그리고 아팠다.

"으아아아!"

시헌은 비명을 지르며 팔을 붙잡았다. 팔이 잘렸다. 왼 팔. 정신이 나갈 것 같은 통증이 밀려왔다. 해리는 혀를 차면서 아래를 내려 보았다. 쏟아지는 피가 웅덩이를 만들고, 그 안에서 잘린 팔이 붉게 젖어가고 있었다. 해리가 머리를 흔들었다.

"미안합니다. 순간 욱해서요. 사실, 저 다혈질이거든
요."

해리는 안타깝다는 듯이 중얼거렸다. 시헌에게 해리
의 말은 잘 들리지 않았다. 주저 앉으며 신음을 흘렸다.
왈칵거리며 쏟아지는 피는 멈추지 않았다.

"아, 그래도 괜찮을 겁니다. 헌터의 몸은 일반인보다
강인하거든요. 보통 팔이 그렇게 잘리면 쇼크사로 죽을
텐데… 봐요, 안 죽었잖아요? 처치 잘 하면 괜찮을 거예
요. 팔도 붙일 수 있을 지도 모르고."

"으… 끄…."

팔뚝부터 잘렸다. 어떻게 하지? 막아야 되나? 시헌은
덜덜 떠는 손으로 잘린 부위를 감쌌다. 절단면과 손이
닿는 순간, 통증에 순간 정신이 끊겼다.

"아으윽!"

시헌이 비명을 질렀다. 해리는 한숨을 쉬면서 머리를
흔들었다.

"그러니까 물어볼 때 말하지. 왜 이런 꼴을 겪습니까?
입 다물어요. 계속 소리 지르면 죽일 거니까."

그렇게 말은 들었지만 비명이 멈출 리가 없다. 팔이
잘렸다. 멀쩡하게 달려 있던 팔이. 여태까지 살면서 항
상 달려있던 팔 하나가 잘린 것이다. 해리는 비명을 지
르는 시헌을 보면서 머리를 흔들렸다. 해리가 무어라 입

을 열려는 순간, 그의 표정이 굳었다. 발소리가 들리기 시작했다.

"씨발."

해리가 중얼거렸다. 그는 잭을 포함한 다른 동료들을 힐끗 보았다. 잭은 쓰러진 민아를 힐끗 보면서 물었다.

"어떡해?"

묻는 말에 해리는 머리를 흔들었다.

"내버려 둬. 괜히 데리고 갔다가는 움직이기만 불편해."

그는 그렇게 말하며 잘린 시헌의 팔을 들어 올렸다. 그는 시헌을 힐끗 보았다.

"알아요? 요즘은 기술이 좋아서, 팔 잘려도 처리 잘하면 붙일 수도 있다는 것 같던데."

해리는 그렇게 중얼거리며 시헌의 팔을 아공간으로 집어넣었다.

"그런데 어떡하죠. 당신 팔, 내가 가져갈 건데."

해리는 그렇게 말하면서 웃었다.

"해리."

잭이 해리를 불렀다. 해리는 머리를 끄덕거리며 몸을 돌렸다. 뭐라고 말을 하고 싶었지만, 목소리가 나오지 않았다. 멀어지는 발소리와 가까워지는 발소리가 들릴 뿐이었다. 헐떡거리는 숨결, 시헌의 것이었다. 씨발, 씨발. 내뱉고 싶은 욕설이 목구멍을 지나 올라오려다가 가로막혔다.

정신이 끊어졌다.

◎

"일억원 입금 됐어."

베드로사의 사체를 처분하고서 선하가 돌아왔다. 우현은 머리를 끄덕거리며 몸을 일으켰다. 대충 여태까지 모은 돈을 치면 십일억 정도인가. 처음 이 몸으로 정신을 차렸을 때만 해도 전재산이라곤 몇 백 정도였는데, 갑자기 억 단위가 되었다. 슬슬 금전 감각에 익숙해지는 기분이었다.

'애매한 기분이야.'

우현은 관자놀이를 손가락으로 누르면서 생각했다. 의식의 주를 이루는 것은 호정이지만, 그에게는 아직 우현의 인격이 조금 남아 있었다. 인격이 뒤섞인 것이다. 엄밀히 말하자면 지금 이곳에 있는 것은 우현도, 호정도 아니었다. 둘이 섞인 존재일 뿐이다.

그래도 과거의 기억은 확실하다. 자신이 해야 할 일도, 앞으로 어떻게 될 지도 안다. 마지막 던전인 판도라와 판데모니엄의 마지막 보스 몬스터인 데루가 마키나. 그를 떠올리면서 우현은 한숨을 크게 뱉었다.

"갑자기 왜 그래?"

선하가 머리를 갸웃거리며 물었다. 정신이 들었다. 우현은 머리를 흔들었다.

"아무 것도 아니야. 좀, 기분 나쁜 일이 생각났거든."

"…뭔데?"

"악몽을 꿨어."

대수롭지 않다는 얼굴로 대답했다. 우현은 선하를 힐끗 보았다.

"이제 뭐 할 거야?"

"오늘은 이만 돌아갈래. GPS 갱신도 안 했거든."

"그러면 나도 이만 갈까. 돈도 벌렸고."

우현은 어깨를 주물거리며 대답했다. 선하가 머리를 갸웃거렸다.

"그런데, 넌 돈 벌면 뭐 할 거야? 장비 바꿀 필요도 없잖아."

선하의 말에 우현은 잠시 생각하는가 싶더니 대답했다.

"집을 구하려고."

"…집?"

"가족이랑 같이 살고 있는데, 조금 불편한 점이 있어서."

"가족도 있는데 굳이 독립할 필요있어? 혼자 살면 이

것 저것 고생이 많아. 밥도 혼자 해 먹어야 하고."

선하가 중얼거렸다. 아차 싶은 생각이 들었다. 우현은 선하가 혼자 사는 넓은 집과, 삭막한 거실을 떠올렸다. 우현은 쓰게 웃었다.

"…뭐, 그렇기는 하지만. 어쩔 수 없는 일이 있거든."

몬스터의 가슴을 가르기 불편해. 이렇게 대답할 수도 없는 노릇이다. 우현의 말에 선하는 머리를 끄덕거렸다.

"개인사라면 내가 신경 쓸 바는 아니지. 오지랖이야."

선하는 그렇게 중얼거리면서 몸을 돌렸다.

"그러면, 바깥에서 연락할게."

"내일 같이 사냥할래?"

우현이 불쑥 물었다. 그 물음에 선하의 얼굴이 멈칫 굳었다.

"나랑?"

되묻는 말에 우현은 머리를 끄덕거렸다.

"응. 왜? 싫어?"

"…아니. 싫은 건 아닌데."

"25번 던전으로 갈 생각인데. 너도 그쪽이면 괜찮을 것 같다며? 그러니까 같이 가자."

우현의 말에 선하는 머뭇거리다가 머리를 끄덕거렸다. 우현은 그런 선하의 대답에 씩 웃었다.

"그러면 연락할게. 내일 봐."

"…응."

선하가 조그마한 목소리로 대답했다. 그녀의 대답을 듣고서 우현은 판데모니엄을 나왔다. 판데모니엄을 나오고서 방 안에 섰다. 그는 갑옷을 벗기 전에 책상 위에 올려 둔 핸드폰으로 다가갔다.

핸드폰을 키려는 순간, 핸드폰이 울렸다.

REVENGE

2. 폭발

HUNTING

NEO MODERN FANTASY STORY & ADVANTURE

REVENGE HUNTING

2. 폭발

처음 전화를 받았을 때, 그리고 이어지는 말을 들었을 때.

워낙에 갑작스러운 말이었다. 이런 일이 일어날 것이라고는 생각도 하지 않았다. 안일했다? 그래, 안일했다. 너무 느슨했다고도 생각했다. 스스로가 병신이라고도 생각했다. 되묻고, 다시 듣고. 미안해, 잘 못 들었어. 뭐라고? 그렇게 한 번 더 묻고, 울먹거리는 대답을 듣고. 그 대답을 듣고 나서는 기억이 잘 나지 않는다.

갑옷도 벗지 않고 집을 뛰쳐나왔다. 놀란 얼굴로 이쪽을 보는 사람들의 시선을 무시하고 미친 듯이 달렸다. 다행히 우현의 육체는 뛰어났고, 투기로 강화한 몸은 순식간에 거리를 가로질러 택시를 탈 수 있게 해 주었다.
목적지를 말하자 택시 기사가 머리를 갸웃거리며 우현
을 돌아보았다.

"병원? 그 꼴로?"

닥치고 가기나 해, 병신아. 우현은 목구멍까지 치솟은
그 말을 눌러 삼켰다.

"빨리 갑시다."

대신해서 튀어 나온 말도 상냥한 것은 아니었다. 어쩔
수 없는 일이었다.

불꽃이라도 삼킨 것처럼, 속이 끓었으니까.

"오빠!"

병원에 도착하고, 수술실의 앞에서. 우현은 민아를 만
났다. 초조한 얼굴로 앉아 있던 민아는 벌떡 일어서더니
울먹거리는 얼굴로 우현을 바라보았다. 우현은 굳은 얼
굴로 민아를 바라보았다. 우현의 눈이 파들거리며 떨렸
다. 민아의 얼굴은 엉망이었다. 입술은 터져 있었고, 한
쪽 팔에는 붕대를 감고 있었다. 우현은 빠득 이를 갈면
서 민아에게 다가갔다.

"…시헌이는?"

"아, 아직 안 나왔어요."

민아는 훌쩍거리며 대답했다. 우현은 창백한 얼굴로
닫힌 문을 바라보았다.

"너는 괜찮아?"

뱉는 목소리는 자신의 목소리라고 생각할 수 없을 정도로 끓고 있었다. 민아가 머리를 끄덕거렸다.

"…네."

"팔은?"

"부러지지는 않았어요."

민아가 대답했다. 그 말에 우현은 크게 숨을 내뱉으면서 머리를 끄덕거렸다. '수술실.' 우현은 문 위에 적힌 글자를 노려 보았다.

"…정확히 무슨 일이 있었던 거야?"

민아가 더듬거리며 설명해 주었다. 훌쩍거리는 목소리는 설명이 나아갈수록 잦아들었고, 우현의 얼굴은 설명을 들을수록 일그러졌다. 해리, 잭. 민아가 들은 이름은 그 두 개 뿐. 놈들은 고스트 헌터고, 우현을 노리고 있다. 그 과정에서 시헌과 민아가 피해를 입은 것이다. 우현은 손을 들어 얼굴을 감쌌다.

"…너희를 도와 준 사람들은?"

"다른 나라 사람들이었어요. 저희를 던전 밖으로 옮겨주고, 협회 쪽에 신고하러…."

"협회의 사람은?"

"아, 아직 안 왔어요. 판데모니엄 밖으로 나와서, 제가 시헌이 등록증에 적힌 주소로 신고했고… 그래서 여기에…."

"갔다올게."

우현이 입을 열었다. 그는 얼굴을 감싸고 있던 손을 아래로 내렸다. 악귀처럼 일그러진 우현의 얼굴을 보고서 민아가 흠칫 놀랐다. 그녀는 부릅 뜨여진 우현의 눈을 보면서 침을 꿀꺽 삼켰다.

"…네?"

민아가 이해하지 못하고 머리를 갸웃거렸다. 우현은 아래로 내린 손을 꽉 쥐었다.

"갔다온다고. 그 새끼들 만나러."

"…오빠?"

민아가 모르겠다는 얼굴로 물었다. 그 말에

우현은 대답하지 않고 몸을 돌렸다. 민아는 부들거리며 떨리는 우현의 어깨를 보았다. 민아의 얼굴이 창백해졌다.

"오, 오빠. 뭐 하려는 거예요?"

"사냥."

우현이 내뱉었다.

"너는 여기 있어. …그리고, 미안하다. 괜히 나 때문에 이런 일에 휘말리게 해서."

중얼거리며 하는 말. 민아는 급히 우현 쪽으로 다가갔다.

"오, 오빠. 이상한 짓 하지 마요. 그 사람들 엄청 많고…."

민아가 더듬거리며 말했다. 민아의 손이 우현의 어깨를 잡았다. 우현은 크게 숨을 내뱉었다.

"사냥하러 가는 것이라고 했잖아."

우현은 손을 들어 자신의 어깨를 잡은 민아의 손을 밀어냈다.

"…괜찮아. 아무 문제 없을 거야. 그러니까, 여기 있어. 알았지?"

얼굴을 보지 않고 내뱉었다. 지금 같은 얼굴을 보여주고 싶지 않았다. 사실은, 우현도 지금 자신이 어떤 표정을 짓고 있는지 알 수 없었다. 다만 알 수 있는 것은 지금 자신이 무엇을 느끼는가. 부글거리며 끓는 속이 얼마나 뜨거운가. 머리를 쿡쿡 찌르는 감각은 우현 스스로도 잘 알고 있는 것이었다.

민아는 더 이상 아무런 말도 하지 않았다. 우현은 병원을 나왔다. 인적이 드문 곳을 찾아 병원의 뒤편으로 갔다. 아무도 없는 것을 확인하고서 우현은 판데모니엄으로 이동했다.

판데모니엄에 도착해서, 우현이 가장 먼저 한 일은 근처의 장비점으로 가는 것이었다.

"갑옷을 갈아입고 싶은데, 탈의실을 쓸 수 있습니까?"

우현은 자신의 헌터 등록증을 내밀며 부탁했다. 장비를 들고 판데모니엄 밖으로 나가 버린다면 잡는 일이 요원하기 때문에, 판데모니엄 내에서 장비를 구입할 때에는 항상 이렇게 등록증을 맡겨야만 했다. 등록증을 확인한 갑옷점의 주인이 머리를 끄덕거렸다.

탈의실로 들어 온 우현은 라크로시아의 갑옷으로 갈아입었다. 그리고 파브니르를 들었다. 솔직히 말해서, 그 순간은 정말 아무런 생각도 나지 않았다. 그는 하나의 기계와도 같았다. 기름과 전기가 아니라 분노와 살의로 움직이는 기계. 밖으로 나오고서 맡겼던 등록증을 돌려 받았다.

우현은 곧바로 16번 던전으로 향했다. 해리가 아직 그곳에 있을까? 모르겠다. 민아에게 이야기는 들었다. 놈들이 노리는 것은 우현이다. 민아와 시헌은 그 과정에서 피해를 입었을 뿐이다. 놈이 시헌에게 물어봤다고 했다. 우현에 대해서.

너희를 다치게 하면 우현이 찾아오지 않겠냐면서, 그렇게 웃으며 물었다고. 팔을 잘랐다고. 자른 팔을 들고 갔다고.

개새끼들이.

고스트 헌터는 범죄자로, 헌터가 저지르는 범죄는 당연히 협회가 처리한다. 하지만 16번 던전에는 아직 협회의 인물로 보이는 헌터는 보이지 않았다. 아직 처리가 끝나지 않은 것일까. 우현에게는 오히려 좋은 일이었다. 그는 입술을 꾹 씹고서 16번 던전으로 들어갔다.

미궁. 꽉 막힌 천장과 벽. 불쾌한 냄새. 멀리서 들려오는 몬스터의 울음소리. 키긱거리는 거미의 울음과, 카각거리는 개미의 울음과, 찍찍거리는 쥐의 울음.

그리고 발소리. 우현은 앞으로 걸었다. 천천히, 천천히. 서두르지 않았다. 놈들은 아직 이곳에 있을까? 어쩌면 이미 도망갔을 지도 모른다. 아니, 대놓고 범죄를 저지르는 놈들이다. 협회의 눈을 속이기 위한 방법 정도는 가지고 있겠지. 위조 헌터증이라던가. 우현은 입술을 뿌득 씹었다.

계속해서 앞으로 나아갔다. 가는 길에, 몇 번인가 몬스터를 마주쳤다. 모두 죽였다. 사체를 수습하지도 않았다. 보였고, 앞으로 갔고, 놈들이 우현을 보았고, 우현에게 덤볐고, 죽였다. 지금의 우현에게 있어서 16번 던전의 몬스터들은 앞을 가로막는 장애물일 뿐이었다. GPS를 들었다. 우현은 세이브 포인트까지의 최단 루트를 확인했고, 그쪽으로 향했다.

왜 이런 일이 생긴 것일까.

고스트 헌터에 대해서는 선하에게 언질을 들었다. 강만석 역시 그에 대해 말했었다. 베드로사를 잡고, 바바론가를 잡고. 세상에 하나 뿐인 라크로시아의 갑옷과 파브니르를 장비한 것으로 우현은 루키가 되었다. 헌터들의 주목을 받게 되었다. 경력 한달, 등급은 F급. 그런 놈이 최고가의 장비를 들고 다닌다. 당연히 고스트 헌터들이 눈독을 들일만 하다.

그런데도 왜 경계하지 않았지? 초짜도 아니잖아. SS급의 헌터였던 경험은 어디로 갔어? 지금 너는 대체 뭐야? 왜 이리 얼빵하게 굴었어?

덕분에 시헌과 민아가 다쳤잖아. 시헌은 왼 팔을 잃었어. 외팔이 헌터가 없는 것은 아니지만 흔한 것도 아니다. 게다가 시헌의 무기는 창이었다. 창은 한 팔로 사용할 수 없다.

형, 형. 그렇게 부르던 시헌의 모습이 떠올랐다. 민아가 말했었다. 놈들이 시헌에게 우현의 정보를 물었지만, 시헌이 대답하지 않았다고. 그리고 팔이 잘렸다고. 병신같은 놈. 우현은 입술을 열어 내뱉었다. 묻는 말에 대답 잘 하면 될 것을, 왜… 얼마 알고 지내지도 않았는데. 주먹이 꽉 쥐어졌다. 의리, 의리라. 그깟 별 것도 아닌 것을 챙기려다가

시헌의 팔이 잘렸다.

자신의 머리를 한 대 갈기고 싶었다. 망설였다. 망설이다가, 하지 않기로 결심했다. 시헌에게 마석을 줄 것

을 몇 번이나 고민했었지만, 그렇게 하지 않았다. 다루지도 못할 힘을 줘 봤자 도움이 안 될 것이라고 생각했었다. 아니, 핑계일 뿐이다. 단순히 자신의 비밀을 공유하고 싶지 않았다. 시헌을 믿지 않았기 때문이다. 불신, 불신. 하지만 시헌은 우현에 대한 것을 끝까지 밝히지 않고 놈들에게 맞았고, 팔이 잘렸고, 지금 병원에 있다. 민아 역시 마찬가지다. 그 여자애가 입술이 터지도록 맞았다. 팔에 붕대를 감을 정도로 상처 입었다.

살의가 들끓었다.

"해리."

잭이 해리를 불렀다. 가발을 뒤집어쓰던 해리는 머리를 돌려 잭을 보았다. 가짜 수염을 인중에 붙인 잭은 손을 들어 뒤쪽을 가리켰다.

"소리가 나."

잭의 말에 해리의 미간이 찡그려졌다.

"협회인가? 생각보다 너무 빠른데."

고스트 헌터는 협회에서 헌터 자격이 박탈당한 헌터들이다. 하지만 그들에게도 등록증은 있다. 브로커를 통해 몰래 만든 등록증은 순찰 나온 협회의 헌터를 속이기에 충분하다. 하지만 아직 이쪽의 준비가 다 되지 않았다. 가발을 쓰고, 렌즈를 끼고, 조금 화장을 하고. 그 정도만 해 주어도 얼굴의 인상은 쉽게 바꿀 수 있다. 해리는 머리에 쓰고 있던 가발의 모양을 잡으면서 주변 동료들을 보았다.

"뭐해? 준비 안 하고."

사람이 늘어났다. 해리를 포함해서 다섯이었지만, 열이 되었다. 다른 곳을 살피고 있던 동료들이 합류했기 때문이다. 해리의 재촉에 다들 긴장한 얼굴로 변장을 계속했다. 미간을 찡그리며 들리는 소리에 집중하고 있던 잭이 머리를 흔들었다.

"협회는 아닌 것 같은데. 발소리가 하나야."

"하나?"

해리의 머리가 갸웃거렸다. 그는 앉아있던 몸을 일으켰다.

"솔로 헌터인가? 괜히 귀찮아지면 곤란해. 죽이자고."

대수롭지 않다는 듯이 살인에 대해 말했다. 그들에게는 일상이었다.

"응?"

발소리가 들리는 방향을 보고 있던 해리의 눈이 크게 떠졌다. 곧, 그는 크게 웃음을 터트렸다.

"맙소사! 잭, 저걸 봐!"

해리는 낄낄 웃으면서 손을 들었다.

"진짜로 왔어! 맙소사. 설마 올 것이라고는 생각하지 않았는데. 게다가 혼자? 미친 것 아냐?"

해리는 웃음을 멈추지 않았다. 웃는 것은 모두가 똑같았다. 열명이 낄낄거리며 웃었고, 우현은 그들의 웃음소리를 들었다. 우현의 걸음이 멈추었다. 찾았다. 자그마한 목소리로 중얼거렸다. 우현은 가발을 쓴 해리를 보았다. 가발 덕에 머리가 바뀌었지만, 그가 해리라는 것을 알아보지 못할 정도는 아니었다.

하나, 둘, 셋… 열. 다섯이라고 들었는데. 두 배로 불었군. 상관없다. 우현은 우두커니 서서 해리 쪽을 노려보았다.

"왜 오다 맙니까?"

해리가 이죽거리며 물었다. 그 물음에 우현은 낮게 웃음을 흘렸다.

"얼굴 좀 보느라."

그는 그렇게 말하며 성큼거리며 해리에게 다가갔다.

"설마 진짜 올 줄은 몰랐어요. 아니, 올 수도 있겠다 싶었는데… 이렇게 빨리. 그것도 혼자서 올 줄은 몰랐거든요."

해리가 머리를 흔들며 말했다. 우현은 대답하지 않았다. 스릉거리는 소리가 났다. 해리의 동료들이 무기를 뽑고 있었다.

"왜 온 겁니까?"

해리가 정말 모르겠다는 얼굴로 물었다. 우현은 대답

하지 않았다. 대신, 그는 손에 쥐고 있는 파브니르를 꽉 잡았다.

"아니, 온 건 좋은데. 왜 혼자 왔어요? 다른 사람이라도 데리고 오시지. 그, 왜. 당신 파트너 있잖아요? 이름이… 그래. 강선하. 같이 왔으면 좋았을 텐데요."

"장비 뺏으려고?"

목소리가 갈라졌다. 묻는 말에 해리가 웃으며 머리를 끄덕거렸다.

"잘 아시네요."

해리가 양 손을 허리로 내렸다. 검이 뽑혔다.

"뭐 좀 묻자."

우현이 입을 열었다.

"팔은 왜 자른 거야?"

이성을 유지하고 있는 것이 용했다. 던전에 들어와서는 미칠 것 같았는데, 의외로 직접 마주하니 마음이 차분히 가라앉았다. 머리가 차갑게 식었다. 본능적으로, 아니. 경험적으로 알았다. 전투를 앞두고 감정 주체 못하고 이성 잃고 날뛰었다가는 득 볼 것이 하나도 없다는 것을.

"팔? 아… 그건, 음. 사고였어요. 그렇게까지는 하고 싶지 않았는데. 미스터 시헌이 저를 좀 화나게 해서."

해리는 태연스러운 얼굴로 말했다. 아! 해리가 탄성을 질렀다.

"알아요? 미스터 시헌, 굉장히 의리있더군요. 제가 미스터 우현에 대해 물으니까, 저보고 좆까라고 했어요. 멍청하게 말이에요. 얌전히 묻는대로 대답했으면 외팔이 신세는 면했을텐데. 안 그래요?"

"맞아. 멍청이야."

우현이 중얼거렸다. 천천히, 천천히. 몸 안에서 투기가 끓었다. 우현은 깊이 숨을 들이 마셨다.

사람을 죽인 적은 없다.

호정일 때도 그랬다. 호정은 헌터였지 살인자가 아니었다. 좆같은 새끼는 그때에도 꽤 많았지만, 싸운 적은 있어도 죽인 적은 없다. 죽이고 싶다고 생각한 적은 있었어도 그를 직접 실행했던 적은 없었다. 하지만 지금은 어떨까. 지금은… 지금은? 잘 모르겠다. 단지 확실한건, 실실거리며 웃는 해리의 낯짝이 그리 마음에 들지 않는다는 것.

"하나만 더 묻자."

우현의 몸이 낮아졌다. 잭이 앞으로 나섰다. 놈은 머리를 돌려 침을 퉤 뱉더니 도끼를 들어 올렸다. 우현의 눈이 빠르게 앞을 훑었다. 거구의 흑인이 중앙. 흑인의 옆으로 둘, 둘. 그 뒤에 넷.

맨 뒤에 해리.

"뭘요?"

"담배 있냐?"

"…예?"

갑작스러운 물음에 해리의 머리가 갸웃거렸다.

대답을 기다리지 않고 우현이 달렸다.

달렸다. 호흡을 멈추고, 몸을 가득 긴장시켰다. 똑,
딱, 똑, 딱. 우현의 몸은 하나의 매트로놈이 되었다. 좌
우로 똑, 딱. 버튼에 손가락을 올리고, 위로 스위치. 가
속이다. 우현의 움직임이 확하고 올라갔다. 잭의 얼굴이
굳었다.

"뭐, 뭐야?"

그렇게 내뱉는 순간에 우현은 이미 잭의 앞으로 와 있
었다. 중심을 무너트린다. 그 생각으로 우현은 파브니르
를 잡았다. 스위치의 버튼이 바뀐다. 가속에서 힘이다.

까아앙!

커다란 금속음이 미궁을 뒤흔들었다. 잭은 손아귀가
찢어지는 것 같은 통증을 느끼며 뒤로 밀려났다. 날카롭
게 세운 도끼의 날에 깊은 흠이 파여 있었다.

"이런 미친!"

당황하여 외치는 것도 순간이다. 우현은 그대로 몸을
비틀었다. 다시 스위치, 가속으로.

콰직!

잭의 옆에 있던 놈이 들고 있던 방패가 우현의 일검을

받아내지 못하고 박살났다. 붉게 달아오른 파브니르의 날이 열풍을 뿜었다.

"끄으악!"

뒤로 밀려난 놈을 놓치지 않는다. 발을 끌어 튕겼다. 네발 짐승이 땅을 박찬 것처럼, 우현의 몸이 탄력있게 튀어 올랐다. 방패는 박살났고, 아직 검이 남았군. 상관없다. 우현의 검은 놈보다 빠르니까.

콰악!

내리찍은 검이 놈의 목을 파고들었다.

"커르륵!"

비명이 피거품 속에 묻혔다. 살이 익는 냄새, 피가 끓는 소리. 놈의 목을 잘랐다. 잘린 머리가 떨어지기도 전에 우현의 발이 놈의 가슴을 걷어찼다.

콰앙!

뒤로 밀려난 몸이 회색의 벽에 부딪혔다.

"하나."

우현이 중얼거렸다. 사람을 죽였다. 어쩔 수 없는 일이야. 우현은 차갑게 식은 머리로 그렇게 생각했다. 죄를 지으면 죗값을 받아야 한다. 그런 일방적인 정의론을 논할 생각은 없다. 놈들은 시헌의 팔을 잘랐다. 우현이 안이하여 생긴 일이다. 그가 책임을 져야 한다.

아무리 범죄자라고는 하지만 사람이 사람을 죽이는 것

은 똑같이 취급된다. 고스트 헌터를 죽인 헌터는 당연히 헌터법에 처벌받는다. 자신이 싸지른 똥을 치우기로 마음먹었으면 확실히 치워야 한다. 마음을 독하게 먹었다.

몰살이다. 여기 있는 열 명 전부. 그리고나서 시체를 처리한다. 그것으로 깔끔하게 끝낸다.

"이 새끼 뭐야?!"

잭이 당황하여 외쳤다. 벌써 놀라면 안되는데. 우현은 몸을 돌렸다. 잭은 팔이 잘려 쓰러진 동료와, 또 깊이 파인 자신의 도끼를 힐끗 보다가 까득 이를 갈았다. 놀란 것은 해리도 마찬가지였다.

'뭐지?'

눈으로 쫓을 수가 없었다. 그 정도로 빠른 가속이었다. 저렇게 빨리 움직이는 헌터는 처음 본다. F급? 말도 안 돼, 저게? 연이은 의문에 답이 떨어지기도 전에 우현이 움직였다. 똑, 딱. 다시 스위치가 바뀌었다.

파악!

우현의 몸이 잭에게 쏘아졌다. 잭은 눈을 부릅 뜨고 파고드는 우현을 보더니

손에 쥐고 있던 도끼를 놓았다. 도끼가 떨어지기도 전에 잭은 이미 자세를 잡았다. 양 주먹을 위로, 발은 가볍게. 허리를 살짝 틀면서 위빙, 달려드는 속도가 빠른 만큼 카운터의 위력은 배가 된다. 넌 끝이야. 헌터가 되기

전에도 하렘가 쪽에서 먹히던 주먹이다. 맞기만 한다면.

맞지 않는다면 문제가 없다. 우현은 잭보다 빠르다. 스위치를 그렇게 올렸으니까. 몸을 비틀었다. 잭이 내지른 주먹이 우현의 머리카락을 스쳤다. 검을 옆으로 빼고, 팔꿈치를 세웠다. 스위치를 돌렸다.

콰직!

우현의 팔꿈치가 잭의 입술을 갈겼다. 박살난 이빨이 팝콘처럼 위로 튀었다. 잭의 거구가 뒤로 기우뚱 무너졌다. 살았나? 죽었겠지. 하지만 처리는 확실하게 해야 해.

생각한 즉시 손이 움직였다.

써걱!

위로 오른 파브니르가 잭의 목을 잘랐다. 잭의 머리가 위로 튀어 올랐다. 피는 솟구치지 않았다. 달아오른 검신이 상처를 지져버렸으니까. 지저분하지 않아서 좋군. 우현의 몸이 돌았다.

카앙!

날카로운 금속음. 남은 것은 여덟. 잭의 옆에 있던 놈이 휘두른 검이 우현의 검과 닿아 튀어 올랐다. 더, 빨리. 가속 스위치를 더욱 끌어 올린다. 밸런스가 통째로 기울었다.

감당할 수 있다.

콰직!

위로 치켜든 검을 내리 찍었다. 검 자루가 놈의 흉갑을 으스러트렸다. 늑골이 몇 개는 부러졌겠군. 그런 생각을 하면서 팔꿈치를 올렸다.

빠악!

짧게 끊어 친 팔꿈치가 놈의 턱을 갈기고, 비틀거리며 무너지려는 놈에게 가까이 붙었다.

이건 좀 지저분하겠는데. 한 손을 등 뒤로. 등허리에 꽂은 블랙 코브라를 뽑으면서 생각했다. 어쩔 수 없지. 거리가 안 나오거든. 대검이라서.

촤악!

위로 올린 블랙 코브라가 놈의 목덜미로 파고들었다.

"이런 미친…!"

해리가 당황하여 외쳤다. 순식간에 셋이 당했다. 우현은 천천히 몸을 돌렸다. 몸이 뜨거웠다. 이성은 차갑게 식었다. 괜찮아, 문제없다. 사람의 몸을 자르는 것은 처음이지만, 의외로 몬스터와 크게 다르지 않았다.

그것에 조금 안도했다.

"왜 그래?"

우현이 물었다. 파브니르에는 핏물하나 묻지 않았다. 피가 죄다 증발해버린 탓이었다. 대신에, 우현은 블랙 코브라를 털었다. 검은 검신을 타고 흐르던 피가 바닥에 후둑거리며 떨어졌다.

"나 죽이고, 장비 뺏는 것 아니었어?"

해리는 대답하지 못했다. 그는 입을 반쯤 벌리고서 우현의 얼굴을 바라보았다. 대체 어떻게 한 거지? 다른 놈들은 그렇다 칠 수 있다. 놈들은 D급이었으니까. 하지만 잭은 다르다. 잭은 C급 헌터였다. 그리고 우현은 F급이고. 헌터 등급은 몬스터를 상대로 얼마나 잘 싸우느냐로 매기는 것이지만, 등급이 높은 헌터는 그만큼 싸움에 익숙하고 투기가 많으며, 그를 잘 다룬다는 뜻이다.

그런데 셋이 당했다. D급 둘과 C급 하나가. F급 하나를 감당하지 못하고. 셋 중에서 우현에게 제대로 공격을 넣은 사람은 단 한 명도 없었다. 해리는 굳은 얼굴로 널브러진 셋을 보았다. 잘린 팔을 보았다. 그리고 다시 시선을 들어 우현을 보았다. F급 헌터인 우현을.

"…보기만 할 거야?"

우현이 물었다. 우현이 발을 앞으로 뻗었다. 해리는 자신도 모르게 발을 뒤로 끌었다. 대체 뭐지? 해리의 상식으로 이해할 수 없는 일이 벌어지고 있었다. 상대는 경력이 한 달도 되지 않은 F급인데.

'움직임이 F급 수준이 아니야.'

하지만 그렇다고 해서 물러설 수는 없다. 파브니르와 라크로시아의 갑옷은 포기하기에는 너무 큰 먹잇감이다. 저 중에 하나만 잡아도 이 짓거리 하지 않을 정도의 돈이 벌릴 것이다. 해리는 입술을 혀로 핥았다.

'그래봤자 혼자야. 보니까 꽤 무리한 것 같고… 금방 지치겠지.'

경력 한 달이 투기를 쌓아봐야 얼마나 쌓았겠는가. 마석이라도 먹었나? 아마 그렇겠지. 그런게 아니고서는 움직임이 이해가 가지 않는다.

사람을 죽였다. 처음 하는 살인은 당연히 몸을 굳게 만든다. 겁 먹을 필요없다. 허세를 부리고 있을 뿐이야. 해리는 미간을 찡그리며 굳은 체로 선 다른 동료들을 보았다.

"죽여."

해리가 내뱉었다. 해리가 했던 생각을 모두가 공유했다. 상대는 혼자, 등급은 F급. 이쪽이 머릿수가 더 많다. 무기를 들고 달린다. 우현은 덤벼드는 놈들을 보면서 크게 숨을 뱉었다.

"진작 그럴 것이지."

스위치.

파악!

우현의 몸이 쏘아졌다. 투기는 여유롭다. 여태까지 먹은 마석은 베드로사의 마석과 바바론가의 마석. 거기에 일반 몬스터에게서 뽑아낸 마석까지 치면 못해도 세 개는 될 것이다. 넘치는 투기를 조절할 노하우는 이미 알고 있다. 스위치, 스위치. 속도에서 힘으로, 파고들어서 공격. 휘둘러 친 검면으로 가까운 놈을 밀어내고, 찌르는 창을 몸을 비틀어 피한다. 오른손으로는 파브니르를 잡았고 왼손으로는 블랙 코브라를 잡았다. 대검은 한 손으로 휘두르는 무기가 아니다.

하지만 지금의 우현에게는 가능했다.

촤악!

목이 하나 위로 솟구쳤다. 비명조차 없었다. 앞으로 일곱. 우현은 해리 쪽을 힐끗 보았다. 해리의 얼굴이 창백해지고 있었다. 지금 내 얼굴은 어떨까? 사람을 죽였는데. 우현은 까득 이를 갈았다.

그러니까.

"가만히 있는 사람을 왜 건드려."

거친 목소리로 토해냈다. 아무렇지도 않을 리가 없다. 몬스터를 죽이는 것과 사람을 죽이는 것은 당연히 감각이 다르다. 아무리 개짓거리를 해도 사람은 사람이야. 하지만 어떡해? 너희가 이렇게 만들었는데.

카앙!

들어오는 공격을 막아냈다. 살짝 몸을 기울여 충격을 완화하고, 그대로 몸을 뒤로 빼버린다. 비틀거리는 놈의 머리를 향해 블랙 코브라를 던졌다. 단검 투척은 오랜만인데.

콰악!

맞았다. 미간 한 가운데에 검이 박힌 놈이 뒤로 무너졌다. 이 몸으로는 해 본 적 없는데 생각보다 잘 맞는군. 뽑을 시간 있나?

없다. 앞으로 여섯. 서둘러야 한다. 너무 소란을 부렸어. 비명도 제법 울렸고. 다른 사람이 올 지도 몰라. 그러면 안 돼, 이쪽이 곤란해진다.

그러니까 속도를 더 올린다. 스위치, 스위치. 똑, 딱. 메트로놈의 속도가 오른다. 우현의 속도가 오른다. 쉽게 말하자면, 스위치는 악기를 연주하는 거야. 빠르게 치고, 강하게 치고. 기타를 치는 것처럼… 혹은 피아노를 치는 것처럼. 아무래도 좋아. 생각을 거두었다. 잡념은 몸을 무디게 만들어. 그리고 그 잡스러운 생각에서 죄책감이 생겨나지.

끔찍하게도 말이야. 그런 건 나중에 생각하자고. 움직이는 것만으로도 바쁘니까. 매끄럽게, 혹은 거칠게. 빠르고… 무겁게. 이건 도살이 아니라 도축이야. 사람이 아니라 개를 잡는 것이니까. 살인이 아니라 사냥이야.

그런 식으로 자위하고. 잡생각 버려, 움직임 무뎌져. 봐, 한 대 맞았잖아. 얻어맞은 가슴의 욱신거림을 누른다. 괜찮다. 뼈는 안 부러졌어. 투기는 아직 여유롭고, 몇 명이나 남았지? 눈앞이 잘 안 보인다. 피가 튄 탓이다. 내 피가 아니야. 우현은 손을 들어 눈가를 비볐다.

　남은 것은 셋이었다.

　"어… 어어…."

　해리가 멍한 소리를 냈다. 열 명이 셋이 되었다. 처음
에 잭을 포함해서 셋이 죽고… 거기서 넷이 더 죽었다.
뭔지 알 수가 없었다. 어떻게 이런 일이 일어날 수 있는
것인지도 몰랐다. F급이잖아. F급이라고. 대체 왜? 전부
다 D급인데. 고작 한 대 때렸다. 그것도 치명상을 입히
지 못했고. 우현은 발을 뻗었다. 피 웅덩이를 밟았고, 피
가 튀어 올랐다.

　"…담배."

　자그마한 목소리로 물었다. 우현은 손을 들어 눈가를
벅벅 비볐다. 손에 끈적거리는 피가 묻어 나왔다. 우현
은 크게 숨을 뱉었다.

　"…이 몸은 원래 담배 안 폈는데 말이야. …기껏 금연
하려고 했더니… 씨발…."

　웅얼거리듯 작은 소리였다. 손이 조금 떨리기 시작했
다. 괜찮아, 괜찮아. 자기 자신에게 계속해서 되뇌었다.
괜찮다고. 이제 다 끝났어.

　"있냐? 있으면 좀 줘봐."

　우현의 시선이 해리를 보았다. 해리는 꿀꺽 침을 삼켰
다. 뭐 저런 놈이 다 있지. 순식간에 일곱 명을 죽이고….

"…너… 너, 대체 뭐하는 놈이야?"

해리가 더듬거리며 물었다. 우현은 대답하지 않았다. 그는 파브니르를 질질 끌면서 해리에게 다가갔다. 스위치, 스위치… 입술이 달싹거리며 그런 말을 중얼거렸다. 스위치? 대체 뭐라는 거야…! 해리가 까득 이를 갈았다.

"으아아!"

해리를 제외한 두 놈이 덤벼 들었다. 우현은 피로에 찌들은 얼굴로 그들을 보았다. 혀를 찼다. 뒈지려고. 그렇게 생각하면 발을 뻗고, 생각을 잠깐 놓았다.

후둑거리며 피가 흘렀다. 파브니르로 하나, 블랙코브라로 하나. 깔끔하게 목을 베었다. 확실하게 죽이는 것이 중요하니까. 우현은 크게 숨을 뱉었다. 해리는 주춤거리며 뒤로 물러섰다. 둘이 더 죽었다. 남은 것은 해리뿐이다. 우현은 머리를 흔들었다.

"…어떻게 할래?"

묻는 말에 해리가 뿌득 이를 갈았다. 해리가 달려들었다. 쌍검. 달려드는 해리를 보며 생각했다. 쌍검, 쌍검이라… 그리고 보니 바바론가도 쌍검을 썼었지. 하지만 바바론가보다 느려.

그렇다면 괜찮다. 우현은 검을 놓았다. 파브니르도, 블랙 코브라도. 땅에 떨어졌다. 검이 떨어지기 시작하고, 땅에 닿고. 그 전에 스위치, 속도를 올린다.

빠악!

휘두른 주먹이 해리의 얼굴을 갈겼다.

"아윽!"

해리의 몸이 땅을 뒹굴었다. 우현은 주먹을 털면서 해리에게 다가갔다. 해리는 입술을 부여잡고 몸을 일으키려고 했다. 우현은 머리를 흔들었다.

"가만히 있어."

빠악!

휘두른 발이 해리의 머리를 갈겼다. 적당히 힘을 줄였다. 아직 해리한테는 받을 것이 있으니까. 해리가 신음을 흘렸다. 우현은 발을 들어 해리의 팔을 내리 찍었다.

"담배 있냐고 물었잖아."

말도 안 된다는 생각만 계속했다. 해리는 거의 B급에 가까운 실력을 가진 헌터였다. 그런데도 이렇게 허무하게 당했다. 무기도 들지 않은 상대한테. 해리는 떨리는 눈으로 우현을 올려 보았다. 우현은 차갑게 식은 눈으로 해리를 향해 머리를 낮췄다.

"담배 없어?"

해리가 덜덜 떨면서 손을 들었다. 그는 아공간에서 담배를 꺼내 우현에게 내밀었다.

"…라이터."

우현이 중얼거렸다. 우현은 해리에게서 담배와 라이

터를 받았다. 피에 젖은 손이 덜덜 떨렸다. 그는 담배갑을 열고, 담배를 물고, 불을 붙였다.

"…커흑!"

기침이 나왔다. 이 몸은 담배를 처음 피는 것이니까. 쓰린 목의 통증이 오히려 정신을 개운하게 만들었다. 우현은 기침을 참고서 연기를 깊이 빨았다.

"…후우."

연기를 뱉었다. 우현은 피가 엉겨붙은 손으로 머리를 벅벅 긁었다. 주변을 돌아보았다. 아홉 개의 시체, 아홉 개의 목. 끔찍하군. 내가 한 짓이지만 끔찍해. 우현은 뻣뻣하게 굳은 눈으로 해리를 내려 보았다.

"…시헌이 팔."

해리는 저항하지 못했다. 우현은 해리가 내놓은 시헌의 팔을 아공간으로 집어넣었다.

"사… 살려…."

해리가 더듬거리며 말했다. 우현이 머리를 흔들었다.

"안 돼."

끝났다.

하나, 둘, 셋.

담배를 세 대 피웠다. 콜록거리는 기침은 더 이상 나오지 않았고, 쉬지도 않고 피워댄 담배의 쓴 맛이 입 안을 가득 채웠다. 처음에는 머리가 조금 어지러웠지만 그

것도 적응되었다. 다만, 가슴은 조금 두근거렸다. 이 몸
으로 처음 피우는 담배의 영향일까. 그것이 아니라면

우현은 꽁초를 껐다. 바닥에 버릴까 하다가, 그만두었
다. 대신에 꽁초를 아공간 안으로 집어 넣었다. 나중에
따로 버리던가 할 생각이었다. 자아, 그럼. 우현은 주변
을 둘러보았다. 끔찍스런 광경이 펼쳐져 있었다. 목이
없는 시체가 열. 잘린 머리가 열. 시체의 수에 비해 바닥
에 흐른 피의 양은 적다. 파브니르의 검신이 절단면을
지져버린 탓이다.

하지만 그렇다고 해서 피가 아예 흐르지 않은 것은 아
니다. 어쩔 수 없는 일이다. 일단 우현은 손을 뻗어 아공
간을 열었다. 열 명의 시체가 담겼다. 이것을 어떻게 처
리한다. 우선해서 든 생각은 그것이었다. 결국 우현이
저지른 것은 살인이었고, 이것은 범죄다. 들킨다면 헌터
법으로 처벌 받을 수밖에 없다.

그런 꼴이 되는 것은 사양이었다. 적당히 던전을 돌면
서 처리해야겠군. 큰 어려움은 없다. GPS와 협회에서
만들어진 던전의 지도는, 던전을 도는 루트를 거의 고정
시켰다. 입구 게이트에서 세이브 포인트로, 세이브 포인
트에서 마지막 게이트로. 그 루트에서 벗어난 곳에 시체
를 뿌린다면, 헌터에게 발견되기도 전에 몬스터가 뜯어
먹을 것이다. 그렇게 한다면 증거도 남지 않을 것이고,

설령 시체의 일부가 발견된다 하더라도 몬스터의 짓이라 생각하겠지.

그것으로 끝이다. 아무런 문제도 없다. 이 일은 우현만이 알고 있는 것이고, 본 사람은 없다. 죄책감과, 이, 가슴에 남은 불쾌함도 그 혼자 감당하면 된다. 우현은 크게 숨을 내뱉었다. 갑옷에 묻은 피를 손으로 털어내면서 우현은 GPS를 들었다.

세이브 포인트까지 도착하고, 게이트를 나왔을 때. 게이트의 앞에서 마주친 것은 강만석과 정민석이었다. 마지막으로 보았을 때, 정민석은 얇은 안경에 정장을 입고 있었다. 하지만 지금 우현의 앞에 선 정민석은 그때와는 판이하게 다른 차림이었다. 묵직해 보이는 전신 갑옷에 안경은 쓰지 않았다. 렌즈를 넣은 모양이다. 강만석 역시 도끼를 등에 걸친 모습이었다. 그들뿐만이 아니었다. 어림잡아도 수십은 될 법한 헌터들이 16번 게이트의 입구를 가로막고 있었다.

"뭐야? 네가 왜 거기서 나와?"

짜증스러운 얼굴로 서있던 강만석이 놀란 얼굴로 물었다. 협회 소속의 헌터가 입구에서 대기하고 있을 것은 예상했다. 우현은 머리를 돌려 던전의 입구를 힐끗 보았다.

"찾아다녔습니다."

우현은 무덤덤한 얼굴로 대답했다. 그 대답에 강만석

의 눈썹이 씰룩거렸다.

"뭐라고?"

그 물음에 우현은 순간 어떤 표정을 지을지 머뭇거리다가 자신도 모르게 표정을 띄웠다.

"찾아다녔습니다. 시헌이 팔 자른 새끼들."

우현의 가슴은 이미 차갑게 식어 있었다. 평범하게 내뱉는 자신이 조금 역겹다고 느낄 뿐이었다.

"…찾아다녔다니… 고스트 새끼들?"

강만석이 떨떠름한 얼굴로 물었다. 그 물음에 우현은 머리를 흔들었다.

"예."

무덤덤한 목소리로 대답했다. 그 대답에 강만석이 무어라 말을 하려 입을 열었지만, 정민석이 앞으로 나서서 강만석의 말을 가로막았다.

"언제부터 안에 들어가 계셨습니까?"

"한 네 시간 되었습니다."

그것에 대해 거짓말은 하지 않았다. 우현의 말에 정민석은 가만히 머리를 끄덕거렸다. 미궁 형식은 16번 던전은 길만 잃지 않는다면 입구 게이트에서 세이브 포인트의 게이트까지 거리가 짧은 편에 속한다. 복잡하게 꼬인 미로인데 입구에서 세이브 포인트까지의 거리마저 멀다면 던전의 난이도는 극악해졌을 것이다.

"만났습니까?"

"아니오."

우현이 대답했다. 그 대답에 정민석의 눈이 가늘어졌다.

"…정말입니까?"

조용한 물음이 향했다. 우현은 머리를 끄덕거렸다.

"예."

우현의 대답에 정민석은 머리를 끄덕거렸다. 그는 주변을 힐끗 보면서 말했다.

"알았습니다. 혹시 다른 예정이 있으시다면 취소하시고 판데모니엄 밖으로 나가주십시오. 나가신 뒤에는 S병원으로 와 주십시오."

"예."

나에게 이런 재능도 있었군. 우현은 내심 생각했다. 연기를 해 보는 것은 처음인데, 생각보다 괜찮은 것 같았다. 아니, 표정이 조금 뻣뻣한가? 하지만 이럴 때에 어떤 표정을 지어야 하는지 잘 알 수가 없었다. 우현의 물음에 강만석이 옆에서 크게 한숨을 쉬었다. 정민석은 잠깐의 침묵 뒤에 대답했다.

"S병원에 다른 협회 소속의 헌터가 있을 겁니다. 이야기는 그 쪽이 해 줄 겁니다."

"…예. 알겠습니다."

우현은 그렇게 대답하고서 판데모니엄을 나왔다. 그

냥 몬스터를 사냥하고 있었다고 거짓말을 할 수도 있었
겠지만, 우현은 솔직하게 대답했다. 갑옷을 입고 병원으
로 와 버렸으니, 병원에 근무하는 간호사나 다른 관계자
가 우현을 기억했을 것이다. 그런 상황에 몬스터를 사냥
하러 16번 던전에 갔다고 말한다면 거짓말이라는 것이
금세 들통났을 것이다.

그래서 솔직하게 말했다. 시헌의 팔을 자른 놈들을 만
나러 16번 던전에 들어갔다고. 그것까지는 사실이다. 이
후는 거짓말이다. 만나지 않았다고 말했지만, 만났다.
만나서 죽였다. 죽이고서 시헌의 팔을 돌려받았다.

팔은 붙일 수 없을 것이다.

팔은 손상되어 있었다. 으깨지고, 더럽게. 똑같이 해
주었다. 해리는 고통스럽게 죽었다. 이전에 죽은 놈들은
깔끔하게 목을 잘라 죽였지만, 해리에게는 예외적으로
다른 형태의 죽음을 주었다. 그것에 대해서는 그리 떠올
리고 싶지 않았다.

시커먼 어둠이 가슴 속에서 끓는 기분이었다. 미련했
던 자신과, 안이했던 행동과, 스스로에 대한 자책이 사
람을 죽였다는 죄책감보다 컸다. 형, 형. 그렇게 부르던
시헌의 모습을 떠올렸다. 해리가 낄낄거리며 했던 이야
기가 떠올랐다. 우현에 대해 묻는 말에, 시헌이 좇까라
고 대답했다고.

나 때문이야.

병원으로 들어갔다. 갑옷은 갈아입지 않았다. 간호사에게 시헌의 이야기를 물으니, 수술은 이미 끝났다고 했다. 병실을 알려주기에 머리를 끄덕거리고 엘리베이터의 앞에 가서 섰다. 간호사와 병원의 관계자들이 조금 겁에 질린 얼굴로 수군대는 것이 들렸다. 진한 피로를 느꼈다. 아무 생각없이 침대에 누워서 잠들고 싶었다. 그리고, 잠에 든다면. 틀림없이 악몽을 꿀 것이다.

엘리베이터에서 내렸다. 복도는 고요하게 가라앉아 있었다. 아직 저녁이 조금 지났을 뿐인데도. 우현은 복도를 걸었다. 앞으로 걸을 때 마다 철그럭거리며 갑옷이 소리를 냈다. 간호사에게 들은 병실로 가니, 닫힌 병실의 문 앞에 한 남자가 서있었다.

"정우현씨?"

남자가 미간을 살짝 찡그리며 우현을 보며 물었다. 우현은 굳은 얼굴로 머리를 끄덕거렸다. 처음 보는 얼굴의 남자였다. 갑옷 대신에 정장을 입고 있기는 했지만, 다부진 근육과 떡 벌어진 어깨, 흉터가 남은 얼굴은 굳이 갑옷을 입지 않아도 헌터라 자기소개하는 것과 다름없이 느껴졌다.

"대한민국 헌터 협회에 소속된 김영호라고 합니다."

"예."

우현은 무뚝뚝한 목소리로 대답했다. 김영호는 낮게 헛기침을 하더니 말을 이었다.

"협회 쪽에서 전달은 받았습니다. 16번 던전에 들어가셨었다구요."

"예."

"…일단, 이번 일에 대해서는 큰 안타까움을 전합니다. 피해자인 유민아 씨가 말하기를, 습격한 헌터들은 서로를 해리, 잭이라고 불렀다는데… 애석하게도 그런 이름을 사용하는 헌터는 너무 많고, 자격이 박탈 된 헌터 중에서도 해리와 잭이라는 이름에 대치되는 인물은 없었습니다. 그래서…."

"잡을 수 없다."

"…일단은 그렇습니다. 협회 쪽에서도 고스트를 잡기 위해 최선의 노력을 다 하고 있습니다. 예전부터 그랬지요. 이번의 일도 마찬가지입니다. 지금도 16번 던전 앞에서 한국 협회 소속의 우수한 헌터들이 포진해 있으며, 던전 내에도 들어가서…."

"그래서."

우현이 입을 열었다. 협회가 대처를 어떻게 하든 우현이 알 바는 아니었다. 그는 이미 자신이 해야 할 일을, 또 하고 싶었던 일을 끝냈다. 협회는 고스트를 잡을 수 없다. 해리와 잭이라는 이름이 가명이든 말든 우현이 알 바는 아니다. 그런 이름을 쓴 헌터들은 이미 우현에게 죽었으니까.

"결론만 말합시다."

우현은 갈라진 목소리로 말했다. 그 말에 김영호는 머리를 벅벅 긁더니 크게 한숨을 쉬었다.

"그렇게 하죠."

김영호가 입맛을 다셨다.

"고스트는 헌터 법에서 처벌되어야 하지만 포착되지 않은 유령과 같은 존재입니다. 모든 헌터는 판데모니엄에 자유롭게 출입할 수 있으니까요. 등록증이 없어도 말입니다. 매번 헌터 법을 어기고 헌터 자격이 박탈되는 헌터가 생겨나지만… 협회에서 모든 고스트를 마킹할 수는 없습니다. 마찬가지로, 우현씨를 노리는 모든 고스트를 마킹할 수 없다는 말입니다. 우현씨가 고스트의 표적이 된 이유는 등급에 맞지 않는 좋은 장비를 가지고 있기 때문인데… 솔직히 말해서 협회에서 우현씨를 집중적으로 보호해 줄 수는 없습니다. 감당할 수 없는 장비를 사용하는 것이 꼭 좋은 일도 아니니까요."

김영호는 거짓 없이 솔직하게 말했다. 우현은 별 동요를 보이지 않았다. 그는 내심 다행이라고 생각했다. 오히려 협회 쪽에서 보호해주겠답시고 적극적으로 나서려 했다가는 우현의 행동에 자유가 없어진다. 김영호는 우

현이 별 반발을 보이지 않자 기묘하다는 표정으로 우현
을 바라보았다.

"시헌이는."

우현이 입을 열었다.

"시헌이는, 괜찮습니까?"

"…아, 네. 헌터의 몸은 강인하니까요. 일반인보다 회
복력이 몇 배는 높고. 물론… 잘린 팔이 도마뱀처럼 재
생되는 일은 없습니다만."

불쾌한 농담이었다. 김영호도 그를 뒤늦게 알아차린
모양이었다. 그의 표정이 살짝 굳었다. 그는 낮게 헛기
침을 뱉더니 말을 이었다.

"…시헌씨는 괜찮습니다. 의식도 돌아왔고요. 잘린 팔
은… 유감스럽게도. 의수같은 것으로 대체할 수는 있겠
습니다만…."

의수는 의수일 뿐이다. 일상생활을 하는 것은 몰라도
무기를 다루는 헌터에게 있어서 한 팔을 잃은 외팔이가
되었다는 것은 치명적이다. 물론 헌터 중에서 외팔이가
없는 것은 아니다. 몬스터와의 싸움은 언제나 목숨을 거
는 일이고, 목숨을 잃지 않는 대신에 신체 한 부분을 잃
는 경우도 없는 일은 아니다. 어느 쪽이 운이 없는 것일
까? 깔끔하게 죽지 못한 것과, 한 팔을 잃은 것.

"협회는 새로 각성한 헌터들에게 의무적으로 기본적

인 헌터 보험에 가입하게 하도록 하고 있습니다. 시헌씨도 보험의 가입자로서, 이번 사고에 대한 보험금이 나올 겁니다."

김영호가 안타깝다는 듯이 말했다. 시헌은 창을 사용했다. 양 팔로 쓰는 창. 한 팔을 잃었으니 창을 쓸 수는 없다. 쓸 수는 있겠지만, 예전만큼은 사용할 수가 없다.

"보험금은 얼마입니까?"

"1억입니다."

1억. 적은 돈은 아니다. 한 팔을 잃은 것으로는? 모르겠다. 우현은 가느다란 한숨을 쉬었다.

"…알겠습니다. 고스트에 대해서는 제 쪽에서도 주의하겠습니다. 수상한 사람이 접근한다면 협회에 신고도하겠습니다."

무덤덤한 말이었다. 김영호는 별 동요를 보이지 않는 우현을 보면서 기묘하다는 표정을 지었다. 이런 반응은 상상하지 않았는데. 겁에 질린 것도 아니고, 화가 난 얼굴도 아니고. 우현을 빤히 보던 김영호는 머리를 끄덕거렸다.

"…알겠습니다. 그러면, 조심하십시오."

"예."

우현은 김영호를 지나쳐 병실의 문을 열었다. 개인실인 병실은 제법 넓었고, 병실 안에는 민아가 있었다. 먼저, 우현은 민아와 눈이 마주쳤다. 민아는 조금 굳은 얼굴로 우현을 바라보았다.

"형?"

목소리가 들렸다. 침대에서 반쯤 몸을 일으키고 있던 시헌이 우현을 보고 있었다. 시헌의 얼굴을 본 순간, 우현의 입술이 씰룩거렸다. 엉망인 얼굴. 터진 입술. 몇 개의 앞니가 보이지 않았다.

왼 팔이 없었다.

"…몸은 어때?"

뭐라 말을 해야 할지 잠깐 고민하다가, 우현이 물은 것은 그것이었다. 그 말에 시헌은 어색한 미소를 지었다.

"의외로 괜찮아요. 좀, 균형이 안 맞는 것 같기는 하지만."

시헌은 그렇게 말하면서 오른팔을 들어 자신의 왼팔을 더듬으려다가 멈칫 굳었다. 팔이 없다는 것을 새삼 깨달은 것이다.

"…아프지도 않고. 저, 처음 알았는데요. 헌터의 몸이라는 건 평범한 사람이랑 완전 다르다는 모양이에요. 과다출혈로 죽을 수도 있는 치명상이었는데… 회복이 엄청 빠르다네요. 마취한 것도 아닌데, 지금은 통증도 거의 없어요."

우현도 알고 있는 이야기다. 헌터는 평범한 인간과 다

르다. 그들이 몸에 담은 투기는 몬스터에게 맞설 수 있는 공격 수단이기도 하지만, 만약의 경우에 헌터의 몸을 지키는 방어수단이기도 했다. 저런 식으로 큰 상처를 입었을 때, 투기는 헌터의 의지와 상관없이 움직여서 헌터의 몸을 보호한다. 상처의 회복 역시 그와 같은 맥락이다. 의식없이 몸을 보호하는 것. 출혈을 막고, 상처를 재생시키고.

잘린 팔이 다시 생겨나는 것은 아니지만.

"…협회 사람 만났어."

우현이 말했다. 그는 민아를 힐끗 보았다. 민아는 조금 불안하다는 얼굴로 우현을 보고 있었다. 묻고 싶은 것이 많았다. 어디를 갔다 왔느냐고 묻고 싶었고, 무슨 일이 있었느냐고도 묻고 싶었다. 하지만 민아는 묻지 않았다.

"…미안하다. 나 때문에…."

"…뭐… 어쩔 수 없죠."

형 때문이 아니다, 라고 대답하려던 시헌은 말을 바꾸었다. 오히려 그 편이 우현이 죄책감을 느끼지 않을까 걱정했던 탓이다. 시헌의 중얼거림에 우현은 어떤 표정을 지어야 할지 알 수가 없었다. 어쩔 수 없다. 어쩔 수 없는 일인가.

"…부모님은?"

"고등학생 때 돌아가셨어요."

시헌은 어색한 미소를 지으며 말했다. 그 말에 우현의 입술이 실룩거렸다.

"…뭐, 걱정 끼칠 상대가 없어서 좋죠."

시헌은 그렇게 중얼거리면서 오른손으로 머리를 벅벅 긁었다.

"앞으로 어떻게 할까, 생각해봤는데. 보험금이 나온다 네요. 당장 장비 구입하느라 졌던 빚은 어떻게 할 수 있을 것 같고… 그 뒤에는… 음. 뭐 생각해 봐야죠. 설마 굶어 죽을라고."

무리하고, 거짓말하고. 그것을 느꼈다. 멀쩡하던 팔이 잘렸다. 갑자기 병신이 되었다. 아무렇지도 않을 리가 없다. 평소에도 긍정적인 웃음을 짓던 시헌이지만, 이런 상황에서까지 저렇게 말할 수 있을 리가 없다.

"…헌터 생활은?"

"…하고 싶어도 못 할 것 같은데요."

시헌이 중얼거렸다. 우현은 입술을 뿌득 씹었다.

"외팔이 헌터가 없는 것은 아니야. 하려면 얼마든지 할 수 있어. 창은 쓰지 못하겠지만 다른 무기를 쓰면 되 잖아. 한손 검도 있고, 단검도…."

"저는."

시헌이 입을 열었다.

"뭐 하나 특출난 것도 없는데… 창은 조금 잘 맞는 것 같았어요. 처음에는 몬스터랑 가까이 싸우는 것이 무서워서 선택한 무기였는데, 쓰다보니 재밌더라고요. …다른 무기를 어떻게 써야 할 지는 잘 모르겠어요."

"할 수 있어."

우현이 내뱉었다.

"무기를 바꾸는 헌터는 얼마든지 있어. 몇 년 동안 똑같은 무기를 쓰다가 다른 무기로 전향하는 헌터도 있고. 네가 창을 쓴 시간은 고작해야 한 달 남짓이야. 그 정도면 충분히 다른 무기에도 적응할 수 있어."

"말은 쉽지만요."

시헌은 낮게 웃었다. 자조적인 웃음이었다.

"형은 처음부터 잘했지만… 저는 형처럼은 못 할 것 같아요. 그러니까…."

"나라고 해서."

목소리를 끌어냈다. 시헌의 말을 끊었다.

"처음부터 잘했던 것은 아니야."

스스로에게 재능을 느꼈던 적은 없었다. SS급 정도의 높이에서 보이는 세상은 낮은 곳에서 보았던 세상과는 전혀 달랐다. 그곳에는 정말로 재능있는 놈들이 많았고, 천재라고 부를만한 놈들도 얼마든지 있었다. 그들과 비교해서 우현은, 호정은. 초라한 존재였다. 많은 경험, 거

기서 생긴 노하우. 그 덕분에 등급을 유지할 수 있었지만

당시 호정이 가장 무력함을 느꼈던 것은 신규 던전에 돌입했을 때였다. SS급은 헌터 등급 중에서도 최상위 등급이다. 당연히 새로 열린 던전에 가장 먼저 돌입하기도 한다. 그럴 때마다 호정은 무력함과 두려움을 느꼈다. 새로 나타나는 몬스터. 정보가 전혀 없는 몬스터. 천재라는 것들은 새로운 몬스터에게 금방 적응하고, 여태까지와는 전혀 다른 형태의 몬스터를 상대로도 큰 어려움을 느끼지 않았다.

호정은 아니었다. 죽을 위기를 겪고, 다치고. 비교되는 것이 싫었다. 정식 공략 파티에 들어가기 전에 혼자 던전으로 들어가 몬스터와 싸웠다. 미리 경험했고, 거기서 나름대로 공략법을 찾고. 그 공략법이 유효한가에 대해 다시 몬스터와 싸우며 검증하고, 어긋났다면 다시 수정. 그 과정을 몇 번이나 반복하고 확신을 얻고 나서야 정식 공략 파티에 들어갔다.

"나는 뛰어나지 않아. 처음부터 잘했던 적 없어. 애초에 지금의 나한테 처음이라는 것은 아직 아무 것도 없어."

우현은 거친 목소리로 내뱉었다. 이 말을 시헌과 민아는 이해할 수 없을 것이다. 이해를 바라고 한 말도 아니

다. 그저, 시헌이 하는 말이 틀리다고 말하고 싶었을 뿐이다. 우현은 성큼거리며 시헌에게 다가갔다.

"네가 뭘 생각을 하는지는 모르겠지만, 나는 네 생각처럼 대단한 새끼가 아냐. 어쩌면 단순 재능쪽으로는 나보다, 너나 민아가 더 나을 지도 모르는 일이고."

둘은 재능이 있다. 우현이 한 달 만에 이 정도의 힘을 얻은 것은 데루가 마키나가 전한 특수한 힘과, 그가 호정으로서 쌓은 경험 덕분이었다. 하지만 민아와 시헌에게는 그런 것이 없다. 그들은 깨끗한 백지로 시작했다. 애초에 스타트 라인이 달랐던 것이다.

"…너는 어쩔 수 없다고 말했지."

우현은 그렇게 중얼거리면서 민아를 힐끗 보았다.

"어쩔 수 없는 일. 나는… 그렇게 해서 못 넘기겠다. 나 때문에 일어난 일이잖아. 내가 병신처럼 굴어서 이런 일이 생긴 거야. 그러니까, 가만히 있을 수는 없어."

우현은 성큼거리며 시헌에게 다가갔다. 시헌은 영문을 알 수 없다는 얼굴로 우현을 올려 보았다. 잘린 팔을 보았고, 시헌의 얼굴을 보고. 민아의 얼굴을 힐끗 보고.

손을 뻗었다.

"미안하다."

우현의 손에는 붉게 빛나는 마석이 쥐어져 있었다. 이번에 일반 몬스터를 죽이고서 모았던 마석이다. 주먹보다 조금 큰 붉은 돌. 시헌과 민아의 눈이 크게 떠졌다. 직접 본 것은 처음이었지만 이것이 마석이라는 것은 그들도 알 수 있었다.

"이걸로 네 잘린 팔을 대신할 수 있을지 없을지는 몰라. 아까도 말한 것처럼 외팔이 헌터가 없는 것은 아니야. 한 팔로 다룰 수 있는 무기가 없는 것은 아니야. 위험하다고 생각하면 하지 않아도 돼. 네가 하지 않는다면, 나는 이걸 팔아서 내 나름의 사죄를 할 테니까."

우현은 그렇게 말하고서 민아를 보았다.

"…너는 어떻게 할 거야? 헌터, 계속 할 거지?"

"…네?"

갑작스럽게 향한 질문에 민아의 얼굴이 흠칫 떨렸다. 그녀는 머뭇거리다가 머리를 끄덕거렸다.

"…네. 저는 크게 다치지도 않았으니까요."

"그렇다면 나랑 같이 다니자. …이번과 같은 경우가 또 생길지도 모르니까."

"하, 하지만 오빠. 저는…."

"부족하면 메우면 돼. 모르는 건 배우면 되는 것이고. 어제, 네가 던전에서 물어봤었지? 어떻게 그렇게 빨리 움직인 거냐고. 그때 거짓말해서 미안해. 네가 그걸 배우고 싶다면 알려줄 수도 있어."

우현의 말에 민아의 눈이 가늘게 떨렸다.

"너는 재능이 있어. 이건 거짓말이 아니야. 어제 내가 잠깐 썼던 것은 일종의 기술인데, 나 같은 놈도 만들어서 썼을 정도니까 너 정도면 쉽게 익힐 수 있을 거야."

스위치는 민아와 상성이 잘 맞을 것이다. 어제 민아가 싸우는 것을 보고 그를 확신했다. 방패와 한손 검. 밸런스가 잘 잡힌 무기지만 나쁘게 말한다면 어중간한 무기다. 방어와 공격. 둘 다 할 수 있지만 둘 다 특출나지는 않다.

하지만 스위치를 익힌다면 그를 보완할 수 있다. 민아의 스타일은 스텝을 중심으로 둔 경쾌한 히트 앤 런이다. 회피를 기본으로 두면서 피할 수 없는 공격은 방패로 막아내고, 상대의 공격에서 생겨난 틈에 검을 찔러 넣는다. 거리가 나오지 않는다면 방패로 휘둘러 치거나 밀어내는 식으로 거리를 벌린다. 투기의 양이 적은데다 무기의 특성상 공격과 방어가 애매하지만, 스위치를 익히는 것으로 공격과 방어를 극대화할 수 있다. 스텝 역시 스위치의 가속으로 속도를 몇 배는 더 끌어낼 수 있다.

"…오빠가 그렇게 말한다면… 내가 거부할 이유가 없잖아요…."

민아는 더듬거리며 중얼거렸다. 민아의 대답에 우현은 시헌을 돌아보았다. 시헌은 확신없는 얼굴이었다. 과연 자신이 잘 할 수 있을지, 그것에 답을 낼 수 없는 얼굴이었다. 우현과 눈이 마주치자 시헌은 시선을 피했다. 그는 머리를 푹 숙이면서 텅 빈 소매를 손으로 붙잡았다.

"…모르겠어요."

잠깐의 침묵 뒤에 시헌이 입을 열었다.

"내가 어떻게 해야 할지. 나는… 그러니까… 폐를 끼치고 싶지 않아요. 혀, 형의 말은 고맙지만… 내가 계속헌터 짓을 하면서 도움이 될 것이라고 생각은…."

"쓰레기 같은 생각이야."

우현이 내뱉었다.

"폐를 끼치고 싶지 않다면 네가 어떻게든 하면 돼. 말했잖아. 네가 하겠다고 한다면, 내가 도와주겠다고. 부족한 투기의 양은 마석을 먹으면 늘어나. 무기를 다루는 법은 내가 가르쳐 줄 수 있어. 무기를 살 돈도 내가 내줄 수 있고."

"그게 폐를 끼치는 거잖아요…!"

"나 때문에 네 팔이 잘렸어."

시헌의 시선이 들렸다.

"너보다 내가 훨씬 더 많이 네 인생에 폐를 끼쳤다고."

우현의 말에 시헌은 입술을 잘근 씹었다. 시헌은 성인군자가 아니었다. 당연히, 자신의 팔이 잘린 것에 일종의 원흉이라 할 수 있을 우현에게 조금의 원망을 가지고 있었다. 그를 내색하고 싶지 않았을 뿐이다. 해리의 협박에 그런 식으로 대답했던 것은 그 누구도 아닌 시헌이 었으니까.

"…생각할 시간을 주세요."

시헌이 중얼거렸다. 그 말에 우현은 머리를 끄덕였다.

"어차피 지금 당장 움직일 수도 없잖아."

우현은 그렇게 말하며 마석을 집어넣었다.

불편한 침묵 속에서 우현은 몸을 돌렸다. 품 안에는 아까 해리에게서 빼앗은 담배가 아직 남아 있었다.

"…잠깐."

우현은 그렇게 말하며 병실의 문을 열었다. 문을 열고서, 우현은 멈칫 굳었다. 문 너머에는 선하가 서있었다.

"…언제 왔어?"

우현의 물음에 선하는 대답하지 않고 방 문 너머에 있는 민아와 시헌을 바라보았다. 시헌과 민아가 놀란 얼굴로 선하를 바라보았다. 선하는 무어라 말을 하기 위해 입을 열고, 결국 말을 뱉지 못하고 입을 닫았다. 머뭇거리던 그녀는 우현을 힐끗 보았다.

"…잠깐 얘기 좀 해."

선하가 간신히 그런 말을 꺼냈다. 어차피 잠깐 나가서 바람이라도 쐴 생각이었기에, 우현은 머리를 끄덕거렸다. 우현은 방 문을 닫고 밖으로 나왔다. 선하는 아무런 말도 하지 않았고, 우현은 묵묵히 복도를 걸었다. 엘리베이터를 타고 1층으로 내려오고, 병원 밖으로 나가 바깥에 비치된 흡연장으로 갈 동안 선하는 우현에게 아무런 말도 하지 않았다.

"…담배 안 피우는 것 아니었어?"

선하가 물었다. 우현은 담배에 불을 붙이다가 멈칫하고서 선하를 보았다.

"…그러게."

그렇게 말하는 주제에 우현은 담배의 연기를 깊이 빨아들였다.

"…무슨 이야기를 하자는 거야?"

우현의 물음에 선하는 한숨을 쉬면서 옆 머리를 손으로 꼬았다. 그것은 그녀가 가진 습관으로, 머릿속이 복잡할 때에 취하는 행동이었다. 한참을 말없이 옆머리를 만지작거리던 선하가 입을 열었다.

"…매너 없는 짓이지만, 문앞에서 들었어."

선하의 시선이 우현에게 향했다.

"…바바론가에게 마석은 안 나왔던 것 아니었어?"

"바바론가에게 마석은 안 나온 것 아니었어?"

선하의 질문이 다가왔다. 순간 말문이 막혔고, 우현은 대답하는 대신에 담배 연기를 몇 모금 더 빨았다. 선하는 우현의 대답을 재촉하지 않았다. 그녀는 입술을 다물고 조용히 우현의 대답을 기다렸다. 희뿌연 담배 연기가 허공을 떠돌았다.

"…그것을 꼭 지금 물어야 해?"

필터까지 타 들어간 담배를 재떨이에 지져 껐다. 질문
하면서 우현은 담배를 하나 더 입에 물었다. 우현의 담배
에 불이 붙이는 것을 지켜보던 선하가 입술을 열었다.

"…시헌씨와 민아씨의 일은 정말 안타까운 일이라고
생각하지만…."

선하는 신중하게 단어를 선택하는 느낌이었다. 지금
그녀가 던지는 화두가 민감한 문제라는 것을 충분히 인
식하고 있는 것처럼. 우현은 선하의 말을 자르지 않고,
그녀가 무어라 말을 하는 지를 끝까지 들었다.

"…나에게는 이 문제도 중요해."

선하의 말이 멈추었다. 다시 서로간의 대화가 사라졌다.
선하는 옆머리를 만지작거렸고, 우현은 담배를 피웠다.

"내가 거짓말을 하는 것 같아서?"

"네가 했던 말이야."

선하가 머리를 끄덕거렸다.

"너와 내 관계에서 가장 중요한 것은 신뢰야. 나는 너
를 믿었기에, 너에게 베드로사의 마석을 줬어. 너는 나
를 믿어서… 나와 같이 있기로 한 것 아니었어?"

선하가 물었다. 우현은 대답 대신에 담배를 조금 더
피웠다. 신뢰. 그것은 선하와 우현 사이에서 가장 중요

한 것이었다. 애초에 선하가 우현을 믿지 않았더라면, 그녀는 우현에게 마석을 주지 않았을 것이다. 우현이 선하를 믿지 않았더라면 그녀와 함께 사냥을 하지도 않았을 것이다.

"거짓말 한 적은 없어."

우현은 무덤덤한 목소리로 대답했다.

"바바론가에게 마석은 나오지 않았어. 그건 너도, 당시 그곳에 있던 김연철씨도 확인했지."

"하지만 너는 시헌씨에게 마석을 주겠다고 했어."

"민아에게도 똑같은 말을 했어."

우현은 머리를 흔들며 선하의 말을 부정했다. 그 말이 무슨 뜻인지 이해하지 못한 선하가 미간을 살짝 찡그렸다. 백문이 불여일견이라, 우현은 선하를 향해 손을 뻗었다. 큼직한 붉은 마석이 우현의 손 위에 올라갔다. 선하의 눈이 크게 떠졌다.

"레드 스톤…!"

선하가 놀란 목소리를 냈다. 일곱 종류의 마석 중에서도 가장 순도가 높다는 레드 스톤. 저 정도의 크기라면 우현이 흡수했던 베드로사의 마석보다 몇 배는 더 큰 힘을 품고 있을 것이 분명했다. 우현은 손바닥 안에 쥐어진 마석을 쥐었다 피면서 말했다.

"이건 바바론가에게서 나온 마석이 아니야. 믿건 말건

그건 네 자유지만, 나는 너한테 거짓말을 한 적은 없어. 바바론가에게서 마석은 나오지 않았어."

선하에게 거짓말을 한 적은 없다. 사실을 말하지 않았을 뿐이다. 우현은 마석을 다시 집어넣었다. 선하는 우현이 담배의 재를 터는 것을 바라보면서 한숨을 쉬었다.

"…믿을게. 바바론가에게서 저 정도 크기의 레드 스톤이 나온다는 것은 말이 안 되니까. 그런데, 그렇다면… 그 마석은 어디서 구한 거야?"

"…꼭 말해야 해?"

우현은 미간을 살짝 찡그리며 물었다. 그 물음에 선하는 머리를 끄덕거렸다.

"신뢰의 문제야. 나는 너에게 내가 가진 상당히 많은 비밀을 말했어. 네임드 몬스터의 출현에 대한 정보도 그렇고, 럭키 카운터를 적대한다는 것도 그렇고. 네가 그 것을 사소하게 생각하던 말던 내 알 바는 아니야. 나한테 있어서 이것들은 그 누구한테도 말하지 않은, 나 혼자만 가슴에 묻고 있던 비밀이었으니까."

선하는 조용한 목소리로 말했다. 그녀의 눈동자는 흔들리지 않고 우현을 직시했다.

"나는 너를 믿었기에, 이런 말을 했어. 어쩌면 우리는 단순한 이해관계일지도 몰라. 나는 네게 바라는 것이 있었기에 내 비밀을 공유한 것이기도 했으니까. 하지만…

나는 이제는 잘 모르겠어. 너는 대체 뭐야? 그 마석은 또 뭐야? 나는 너에 대해서 아무 것도 몰라. 너도 자신에 대해 아무 것도 말해주지 않고."

"…중요한 일이 아니라고 생각했으니까."

"나에겐 중요해."

우현의 중얼거림에 선하가 차가운 목소리로 내뱉었다.

"나는 너를 불신하고 싶지 않아. 너는… 그러니까… 지금의 나한테 있어서 유일한 아군이야. 아무한테도 말하지 않았던 나를 알고 있는 유일한 사람이고… 그리고…"

선하는 더듬거리며 말했다. 적당한 단어를 찾지 못하는 표정이었다. 한참을 입술을 뻐끔거리며 뭐라 말을 할지 고민하던 선하는, 아랫입술을 잘근 깨물더니 귀를 새빨갛게 물들였다. 그런 선하를 보면서 우현은 머리를 갸웃거렸다.

"…그리고?"

"…캐묻지 마."

선하가 중얼거렸다. 대화가 단절되었다. 우현은 담배를 재떨이에 지져 끄고 머리를 벅벅 긁었다. 난감한 상황이었다. 설마 선하가 병실에서의 이야기를 듣고 있었을 줄은 상상도 하지 못했으니까. 이 상황을 어떻게 타개한담. 적당히 핑계를 대고서 빠져나올 방법이 떠오르지 않았다.

유일한 아군. 선하가 했던 말에 대해 생각해 본다. 선하가 무엇을 하고 싶은지, 럭키 카운터에 대한 복수나… 제네시스 길드의 재건. 그에 대해서 생각을 해 본다. 선하가 가지고 있는 네임드 몬스터에 대한 정보는 귀중하다. 하지만 우현에게 있어서 네임드 몬스터의 사냥은 반드시 해야 할 일은 아니다. 네임드 몬스터가 품은 마석을 우현은 인위적으로 만들어낼 수 있으니까.

"…부탁이 있어."

그것은 우현에게만 해당되는 문제다. 스스로의 행동에 책임을 느끼고 있다. 우현 때문에 시헌은 팔이 잘렸다. 민아 역시 위험한 일을 겪었다. 그런 일이 이번만으로 끝나리라는 보장은 없다. 베드로사와 바바론가의 레이드가 성공하였고, 세상에 하나 뿐인 파브니르와 라크로시아의 갑옷을 얻은 것으로 우현은 루키가 되었다. 소문은 퍼질 것이고 우현은 주목받게 된다. 해리와 그 패거리를 죽이기는 했지만 고스트 헌터가 그들 뿐이라는 보장은 없다.

그렇다면 어떻게 해야 할까. 몬스터 뿐만이 아니라 같은 헌터들도 조심해야 할 상황이 되었는데… 어떻게 해야 할까. 대답은 간단하다. 그들이 범접할 수 없을 정도로 강해지면 된다. 강해지고, 세력을 만들고.

"시헌이와 민아를 돕고 싶어. 너도 도와줘."

"…어떻게 도와달라는 거야?"

선하가 잠깐 머뭇거리다가 물었다. 우현은 곧바로 대답했다.

"우리가 사냥할 때, 둘을 같이 데리고 가고 싶다는 거야."

"그렇게 한다고 하면, 네 비밀을 알려 주는 거야?"

선하가 물었다. 우현은 천천히 머리를 끄덕거렸다. 기브 앤 테이크라고 생각하자. 선하가 우현을 믿었듯, 우현 역시 선하를 믿기로 했다. 모든 것을 말할 생각은 없다. 자신이 사실은 다른 세계에서 돌아온 인물이라던가, 그런 이야기는 가슴에 묻는다. 다만 일반 몬스터에게서 마석을 만들어낸다는 사실만은 밝혀 둔다.

"그걸 믿으라는 거야?"

선하는 당황한 얼굴이었다. 당연히 그럴 것이다. 네임드 몬스터도 아닌 일반 몬스터의 심장에서, 피를 떨어트리는 것만으로 인위적으로 마석을 만들어낼 수 있다니.

"믿지 않으면 어쩔 수 없지. 나는 거짓말을 하는 것이 아니니까."

우현의 무덤덤한 대답에 선하는 혼란스러운 표정을 지었다. 그녀가 가진 상식으로 믿을 수 없었기 때문이다. 우현은 그런 선하의 얼굴을 빤히 들여 보았다. 마석을 만들어낸다는 것을 밝힌 것은 충동적인 이유는 아니었다. 계속해서 선하와 파티를 맺고 사냥할 때, 몬스터에게서 마석을 만들어내기 위해서는 몬스터를 우현이 독점해야만 한다. 협회에 몬스터를 팔아넘기기 전에 심장에서 마석을 뽑아내야만 한다.

그것까지는 어떻게든 핑계를 대서 빠져나올 수 있을 것이다.

'혼자서는 무리야.'

계속해서 생각했던 문제다. 우현 혼자서 강해지는 것으로 데루가 마키나를 죽일 수 있을까. 그 괴물의 존재가 불러 올 멸망을 막을 수 있을까. 우현은 회의적이었다. 일반 몬스터에게서 만들어내는 마석을 흡수하는 것으로 우현은 빠르게 강해질 수 있다. 지금과 같은 성장 속도를 유지한다고 했을 때, 마지막 던전인 판도라가 열릴 즈음에는 우현의 힘은 호정의 힘보다 몇 배는 강해질 것이다.

하지만 그것만으로 데루가 마키나를 죽일 수 있을까. 호정의 세계에서는 데루가 마키나를 공략하기 위해 전 세계의 모든 헌터가 동원되었다. 데루가 마키나에게 데미지를 줄 수 없을 F급 이하 헌터들까지도 고기 방패로 쓰기 위해 강제 동원되었을 지경이다.

그러고도 헌터는 데루가 마키나를 쓰러트리지 못했다. 그 괴물을 잡기 위해서는 더 많은 힘이 필요했다. 우

현 혼자 강해진다면, 우현을 제외한 다른 헌터들은 데루
가 마키나를 감당할 수 없다.

"여태까지 숨겨서 미안해."

"…말했어도 안 믿었을 거야."

선하는 얼굴을 손으로 감싸며 중얼거렸다. 여전히 상
식으로는 이해할 수 없었지만, 눈앞에 직접 증거가 들이
밀어졌으니 무시할 수도 없는 노릇이다. 선하는 복잡한
기분이 되었다. 그러면서도 나름대로 납득이 이루어졌
다. 바바론가를 사냥했을 때, 우현이 보였던 힘은 경력이
한 달도 안 된 헌터라고는 믿을 수 없을 정도였다. 하지만
우현이 일반 몬스터에게서 마석을 만들어내는 능력을 가
지고 있다면, 그의 빠른 성장을 이해할 수 있었다.

"…그런 능력은 어떻게 얻은 거야?"

"나도 몰라."

이 건에 대해서는 솔직히 말할 수가 없었다. 너무 터
무니없는 것이기도 했거니와, 종말에 대해 괜히 말함으
로서 선하를 혼란스럽게 하고 싶지 않았기 때문이다. 우
현의 말에 선하는 입술을 꾹 다물었다. 자신도 모른다는
데 캐물을 수도 없다.

"…알았어. 네 말을 믿을게. 말도 안 되는 일이라고는
생각하지만."

"내 부탁은?"

제대로 확인하기 위해 그에 대해서 물었다. 선하는 한숨을 쉬면서 대답했다.

"…아까 전에, 네가 했던 말. 협회에서 헤어지기 전에 말이야. 그 말을 듣고 나도 나름대로 생각해 봤어."

"그래서?"

"우리 둘로 활동하는 것에는 확실히 한계가 있어. 길드를 만드는 것에 필요한 최소 인원도 그렇고… 한 가지만 물어볼게. 네 능력으로 만든 마석을 시헌씨와 민아씨에게 제공하려는 거야?"

갑작스러운 질문이었다. 우현이 대답하기 전에 선하가 말을 덧붙였다.

"이런 것을 묻는 나를 경멸해도 상관없어. 이기적이라고 생각해도 좋고. 하지만… 나한테는 중요한 문제야. 말했잖아, 나는 해야 할 일이 있어. …복수가 옳고, 허무하다던가… 그런 이야기랑 상관없이. 지금의 내가 해야 할 일은 그것 밖에 없다고 봐. 나한테는 아빠가 유일한 가족이었으니까."

"이기적이라고 생각 안 해."

우현은 머리를 흔들었다. 그는 다시 담배를 꺼냈고, 담배에 불을 붙이려 했다. 그런 우현을 선하가 가로막았다. 그녀는 손을 뻗어 우현이 물고 있는 담배를 뺏었다.

"줄 담배는 몸에 안 좋아."

선하는 차가운 얼굴로 그렇게 중얼거렸다. 그런 선하를 보면서 눈을 깜박거리던 우현은 피식 웃었다.

"하긴, 그렇지. 어쨌든… 네 질문 말인데. 시헌이랑 민아가 그런 일을 당한 것은 내 책임이야. 그만한 대가를 치를 생각이고."

"마석을 주겠다는 거야?"

"응."

우현의 대답에 선하는 잠깐 동안 입술을 다물고 머리카락을 어루만졌다.

"알았어."

선하는 그렇게 말하면서 머리를 끄덕거렸다. 다시 침묵이 찾아왔다. 그러고 보니, 아직 옷도 갈아입지 않았다. 우현은 갑옷을 입고 있는 자신의 몸을 힐끗 내려 보았다. 갈아입고 싶어도 갈아입을 옷이 없다.

"일단 들어가자."

"날."

우현이 몸을 돌린 순간이었다. 뒤편에서 선하의 목소리가 들렸다. 우현은 머리를 돌려 선하를 돌아보았다. 선하는 시선을 반쯤 내린 체 복잡한 얼굴로 옆머리를 만지작거리고 있었다.

"…날, 경멸하지 않는 거야?"

"왜 경멸해야 하는데?"

"…시헌씨랑 민아씨. 그런 일을 겪었는데도… 내 생각만 하고 있잖아. 그들이 도움이 되느냐, 되지 않느냐만 따지고…"

"각자 사정이라는 것이 있는 거야."

우현은 당연하지 않느냐는 얼굴로 말했다.

"네가 해야 할 일이 있고, 그것이 중요하다면. 당연히 네 생각이 중요할 수밖에 없지. 경멸 같은 것은 안 해. 그런 생각을 한 적도 없고. 너는 그냥 네가 하고 싶은 일을 하면 돼. 나도 그럴 거니까."

우현은 그렇게 말하면서 선하에게 다가왔다. 선하는 다가오는 우현을 보고 흠칫 놀라 시선을 들었다. 우현은 피식 웃으면서 손을 들어 선하의 어깨를 두드렸다.

"그리고 시헌이랑 민아는 분명 도움이 될 거야."

내가 그렇게 만들 거니까.

REVENGE

3. 동거

HUNTING

NEO MODERN FANTASY STORY & ADVANTURE

REVENGE
HUNTING

3. 동거

"봐."

우현은 숙이고 있던 몸을 일으켰다. 굳은 얼굴로 우현을 보고 있던 시헌과 민아, 선하의 얼굴이 굳었다. 우현이 펼친 손에는 조그마한 마석이 놓여 있었다. 크기는 고작해야 엄지손톱보다 조금 큰 정도였지만, 저것이 마석이라는 것은 보고 있는 이들 모두 다 알았다.

"…말도 안 돼."

직접 눈으로 보았다고 해도 믿을 수 없었다. 선하는 머리를 흔들면서 중얼거렸고, 민아는 입술을 반쯤 벌리고서 우현을 바라보았다. 시헌은 꿀꺽 침을 삼켰다. 우현은 손바닥 위에 놓인 마석을 쥐었다 피면서 바닥에 놓인 몬스터의 사체를 힐끗 보았다.

팔이 잘리기는 했지만, 강인한 헌터의 몸은 잘린 상처를 빠르게 회복했다. 사건이 있고서 일주일 뒤, 시헌은 퇴원했다. 그동안 많은 고민을 한 시헌은 결국 우현에게 헌터 생활을 계속 하겠다는 뜻을 전했다. 그것은 민아도 마찬가지였다.

잘린 상처에서는 더 이상 통증도, 피도 흐르지 않는다. 상처는 메워졌다. 처음부터 팔이 없었던 것처럼. 하지만 그런 것만 없다 뿐이지, 팔이 잘린 것에 대한 부재와 불편은 시헌이 메워야 했다. 그것까지는 우현이 어떻게 해 줄 수는 없다.

"…이런 거야. 일반 몬스터의 심장에 내 피를 떨어트리는 것으로, 나는 마석을 만들어낼 수 있어."

우현은 꺼낸 몬스터의 사체를 다시 집어넣으며 말했다. 능력의 공개, 그리고 앞으로의 행동. 그에 대해 상의하기 위해 우현과 시헌, 민아는 선하의 집에 모였다. 만나려면 던전 내에서도 만날 수 있겠지만, 괜히 위험한 일이 생길지도 모르고 주목 받는 일이 있을까 하여 판데모니엄이 아닌 현실에서 만났다. 선하의 집이 선택된 이유는, 그녀의 집이 가장 크고 아무도 없기 때문이었다.

'몬스터를 동네 한 복판에서 꺼낼 수도 없고.'

선하의 집은 담벽 안에 정원까지 딸린 저택이다. 몬스터의 사체 한 마리 정도는 꺼내 두어도 문제없다. 미관상 그리 좋지는 않지만. 우현은 입맛을 다시며 셋을 돌아보았다.

"네임드 몬스터에게서 나오는 마석 정도의 크기를 만들려면 백 마리 이상 잡아야하기는 하지만…"

"레드 스톤이잖아. 주먹 반 만한 크기로도 어지간한 마석보다는 효율이 높아."

선하가 지적했다. 우현은 피식 웃으면서 머리를 끄덕거렸다.

"그도 그렇지."

우현은 그렇게 말하면서 마석을 아공간으로 집어 넣었다.

"너희는 내가 만들어 뭉친 레드 스톤을 반씩 흡수했어. 선하의 말대로, 어지간한 마석 하나를 흡수한 것이랑 똑같아. 투기의 양이 불어난 것이 느껴지지?"

"네."

민아가 머리를 끄덕거렸다. 시헌과 민아가 합류의 뜻을 밝히고, 시헌이 퇴원한 뒤. 우현은 자신이 뭉쳤던 마석을 반으로 갈라 시헌과 민아에게 흡수하게 했다.

"투기라는건… 그러니까… 물이랑 똑같은 거야. 물통에 물 한 방울 고여있는건 눈으로 잘 보이지 않지? 하지만 물의 양이 많아지면, 살짝만 흔들어도 출렁거리는 것이 보이잖아. 무게도 달라지고. 투기도 똑같아. 적은 양일 때는 확인이 잘 안돼. 움직이게 하는 것도 힘들고. 하지만 양이 불어난다면 그것이 점점 쉬워지는 거야."

요는 숙달이지만. 우현이 덧붙였다.

"물론 무조건 양이 많다고 해서 투기를 쉽게 다룰 수 있는 것은 아니야. 숙달과 노하우가 필요해. 투기가 물이라면… 물을 어디로 흘려 보낼지, 그것을 알아야 한다는 거야."

설명이 조금 부족한가? 우현은 머리를 갸웃거렸다.

"이건 개인차가 워낙에 커서, 설명만으로는 뭘 어떻게 할 수가 없어. 직접 익숙해지는 수밖에 없지. 일단 투기의 양은 충분하니까 익숙해지는 것은 쉬울 거야."

우현의 눈이 시헌에게 향했다.

"한 팔이 없다. 힘이 부족하다. 그건 사실이지만, 투기를 잘만 다룬다면 부족한 부분은 얼마든지 메울 수 있어."

"어떻게요?"

민아가 물었다. 그녀는 열의에 반짝거리는 눈으로 우현을 바라보았다. 우현은 피식 웃으면서 아공간에서 타이푼2를 뽑았다. 그는 그것을 양 손으로 잡고서 민아와 시헌을 힐끗 보았다.

"네가 물어봤었지?"

우현의 시선이 민아에게 향했다.

"어떻게 그렇게 빨리 움직일 수 있는 것이냐고. 답은 투기를 사용한 육체 강화야. 투기는 응용범위가 굉장히 넓어. 몸을 강화할 수도 있고, 방어에 사용할 수도 있지. 무기에 투기를 불어넣어서 공격력을 높일 수도 있고. 우선해서 잡아야 할 것은 투기의 중심을 어디로 두느냐. 공격에 둘지, 방어에 둘지. 육체 강화에 둔다면, 또 거기서 중심을 잡아야 해. 육체를 어떻게 강화하느냐."

자신만이 알고 있던 노하우지만 더는 숨길 생각이 없었다. 시헌과 민아, 선하에게 마석의 생성에 대해 밝혔다. 자신의 비밀을 밝힌 이상 우현은 이들과 끝까지 가야만 했다. 그렇게 하기로 마음먹었다.

"중심을 속도에 둔다면 다른 무언가는 포기해야 해. 중심을 힘에 두었을 때도 마찬가지야. 전부 다 챙길 수는 없어. 하나를 메인으로 두면 다른 것은 곁다리가 되어야지. 말은 쉽지만, 이것도 결국 자신이 직접 경험하고 숙달되는 수밖에 없어. 밸런스의 중심을 어디에 두느냐, 남은 투기를 어디에 분배하느냐… 그것에 대해서는 조언해 줄 수 있지만, 이 밸런스는 나를 중심으로 맞춘 것이니까. 너희에게 맞는 밸런스라고는 할 수 없거든."

스위치를 올린다. 가속 스위치가 올라갔다. 빠르게 휘두른 검이 공기를 갈랐다. 선하가 흠칫 놀랐고 시헌이 탄성을 질렀다. 민아는 눈을 가늘게 뜨고서 우현의 움직임을 쫓았다.

"이건 극단적으로 가속을 올린거야."

설명하면서, 검을 움직인다. 검의 속도가 올라간다.

"밸런스를 급반전 시키고."

휘두르던 검이 우뚝 멈춘다.

"다시 밸런스의 중심을 잡아. 상황에 적절하게 사용하는 것이 중요해. 속도에서 힘으로, 힘에서 방어로, 방어에서 공격으로, 다시 속도로. 따지고 보면 비슷한 말이지만 미묘하게 다르단 말이지."

민아가 가만히 머리를 끄덕거렸다. 그녀가 가진 가장 큰 장점은 탁월한 집중력이었다. 평소에는 조금 나사가 빠진 느낌이지만, 한 번 집중을 시작하면 다른 모든 것을 제치고 자신이 보는 것에 빠져든다. 민아는 스펀지와 같았다. 주는 대로 족족 빨아들이고 몸을 불리는 스펀지.

"…이건 너와 상성이 좋은 기술이야."

우현은 민아의 얼굴을 보면서 말했다.

"네가 사용하는 방패와 한손검은 밸런스가 잘 잡힌 무기지만, 나쁘게 말하자면 전부 다 어중간해. 방어도, 공격도. 네 경우에는 그런 부족함을 스텝으로 메우고 있지. 그건 아주 좋은 판단이야. 기동력을 살리면서 히트 앤 런으로 간다면 방패와 한손 검은 상당히 넓은 포인트를 잡을 수 있어. 딜러로도 사용할 수 있고, 서브 탱커로도 사용할 수 있지. 실력이 된다면 메인 탱커로도 쓸 수 있고."

"회피형 탱커."

선하가 중얼거렸다. 우현이 머리를 끄덕거렸다.

"회피형 탱커에게 가장 중요한 것은 '맞지 않는 것.' 어그로를 잡은 몬스터의 공격을 피하고, 틈마다 공격을 넣는 것. 받을 수 있는 공격은 방어하는 것도 좋아. 육체 강화를 잘 사용할 수 있다면 기동력을 높이면서 중요할 때에 무거운 타격을 넣을 수 있어. 물론 아직 그것이 가능한 단계는 아니니까, 파티의 메인 탱커는 내가 잡을 거야. 너는 내가 움직이는 것을 보면서 나를 서포트 해. 수준이 되었다 싶으면 나와 로테이션을 돌면서 탱킹할 수도 있겠지."

"던전이 오를수록 네임드 몬스터의 방어벽은 두꺼워져. 바바론가 때처럼은 할 수 없을 거야."

선하가 말했다. 맞는 말이었다. 바바론가 때에는 우현이 무리하면서 바바론가를 잡는 것이 가능했다. 그때의 불안전한 파티로 바바론가를 잡기 위해서는 그럴 수밖에 없었다.

하지만 그보다 높은 던전의 네임드 몬스터를 상대로는 바바론가 때처럼은 할 수 없다. 스위치를 연발한다고 해도 방어벽을 뚫기 전에 탱커가 지쳐버릴 것이다. 그래서 서브 탱커가 필요한 것이다.

"회피에 가장 중요한 것은 기동력이 아니야. 몬스터에 대한 학습이지. 몬스터가 어떻게 움직일지를 예상하고, 공격 범위와 공격 방법을 예상해야 해. 몬스터보다 몇 수는 앞서서 놈의 움직임을 봐야 해. 탱커는 딜러보다 넓은 시야를 갖는 것이 필수 조건이야. 그래서 탱커가 파티의 오더를 보는 것이고."

"…학습이라. 공부는 싫은데… 암기도 싫고."

민아가 농담처럼 중얼거렸다. 하지만 그렇게 말하면서도 민아의 표정은 그 어느 때보다 진지했다. 우현의 시선이 시헌에게로 옮겨졌다.

"네 무기는 베는 것에 특화되어 있어."

우현은 시헌의 오른손에 쥐어진 검을 바라보았다. 한 팔을 잃은 이상 양 손으로 쓸 수 있는 무기는 쓸 수 없다. 검자루가 긴 양손 병기도 쓰기 버겁다. 그렇다면 철저하게 한 손으로 쓸 수 있도록 만들어진 병기를 사용하면 된다.

시헌이 선택한 것은 외날에 날이 넓고 묵직한 펄션이었다. 펄션은 날이 휘었으면서도 칼등은 곧게 뻗어져 있

는데, 한쪽 날만 예리하게 세워 두었기에 찌르는 공격에
는 그리 적합하지 않다. 대신에 칼이 묵직하기 때문에
내리 찍는 것에는 도끼와 비슷할 정도의 위력을 보인다.

"펄션은 무거워. 장시간 사용하기 힘들지. 한 손으로
사용해야 하기 때문에 무게의 중심을 잡는 것도 처음에
는 힘들 거야. 게다가 너는 원래 창을 썼으니까… 찌르
는 것에서 베는 것으로의 변화에 익숙해지는 것이 먼저
겠지."

"무겁긴 해요. 휘두르면 몸이 돌아갈 정도니까."

시헌은 펄션을 들어 흔들면서 중얼거렸다. 시헌과 민아
의 장비는 대대적으로 바뀌었다. 무기의 경우엔 선하의 도
움이 있었다. 그녀의 아버지가 사용하던 무기들을 계승한
것이다. 민아의 검과 방패, 시헌의 펄션이 그랬다.

장비의 경우에는 우현이 지원해 주었다. 시헌이 보험
금으로 받은 돈은 그가 가진 빚을 해소하는 것에 사용했
고, 둘에게 맞는 장비는 우현이 모은 돈으로 구입했다.
물론 공짜로 준 것은 아니다. 나중에 갚는 것을 전제로
두었다.

"무기에 휘둘리면 안 돼. 전투 중에 무기를 통제 못하
면 틈이 생기고, 틈이 생기면 대부분 죽어. 죽지 않아도
병신이 되지."

"여기서 더 병신 되면 곤란한데."

시헌이 웃으며 말했다. 민아와 똑같았다. 농담처럼 말하지만 눈은 농담을 담고 있지 않다. 우현은 그런 시헌의 눈을 보고서 씩 웃었다.

"병신이 되고 싶지 않다면 고생 좀 해야 할 거야."

파티의 균형은 잡혔다. 우현이 메인 탱커로 들어가고, 민아가 서브 탱커로 들어간다. 그리고 선하와 시헌이 딜러로 빠진다.

"거리를 재는 것은 전투에 있어서 가장 기본이야. 내가 맞지 않고, 내가 때릴 수 있는 거리를 유지하는 것. 상대에게 거리를 주지 않는 것. 너는 그 쪽에서 재능이 있었으니까, 무기만 익숙해진다면 금세 두각을 보일 수 있을 거야."

추켜세우는 말이 아니었다. 순수하게 그렇게 느꼈고 평할 뿐이다. 우현의 말에 시헌은 머리를 끄덕거렸다. 우현은 숨을 내뱉으며 민아와 시헌을 죽 둘러보았다.

"당장은 익숙해지는 것 먼저 하자. 괜히 실전부터 했다가는 손 꼬여서 문제가 생길지도 모르니까."

"익숙해진다면 연습인데… 으음. 할 장소가 마땅치 않은 걸요. 제 방은 작아서 무기 휘두를 수도 없고."

시헌이 투덜거렸다. 그 말에 민아 역시 머리를 끄덕거렸다.

"저도 그래요. 뭐… 하려면 공원 같은 데서 연습할 수 있긴 한데. 괜히 신고라도 당하면…."

"여기서 하면 되잖아."

선하가 태연스러운 얼굴로 말했다. 본래 그녀는 민아와 시헌에게 어느 정도 거리를 두고서 말을 놓지 않았지만, 둘이 파티에 합류하면서 완전히 말을 놓았다. 선하의 대답에 시헌과 민아가 놀란 얼굴로 선하를 바라보았다.

"그래도 되요? 언니가 불편할 것 같은데…."

"불편할 것 없어. 어차피 함께 파티하는 입장이니까."

"하지만 그래도 좀… 저희 집에서 여기까지 좀 멀기도 하고."

"그러면 우리 집으로 들어 와."

선하가 말했다. 그 말에 모두의 표정이 멍해졌다. 선하는 자신이 뱉은 말에 스스로 조금 놀란 듯 했다. 잠시 입술을 뻐끔거리던 그녀는, 낮게 헛기침을 하더니 우현 쪽을 힐끗 보았다.

"…그 편이 낫지 않아? 서로 상대를 체크할 수도 있고, 막힌 부분에 대해 조언해 줄 수도 있고. 자랑하는 것은 아닌데… 집은 쓸데없이 넓고, 나는 저 집에서 혼자 살고 있어. 방도 남아. 가구도 그대로 있고… 뭐… 부족하면 채우면 되는 건데."

내가 지금 무슨 말을 하는 거야? 선하는 순간 그런 생각을 하면서도 말을 멈추지는 않았다. 이미 뱉은 말이다.

"…그러니까, 음. 상관없다는 거야. 우리 집에서 살아도… 된다고. 각자 프라이버시는 존중해야겠지만… 그리고… 노크를 하고. 화장실은… 그, 그건 다음에 얘기하도록 하고."

선하가 더듬거리며 말했다. 그 말에 눈을 깜박거리던 민아가 까르르 웃었다.

"진짜요? 진짜 여기 들어와서 살아도 되요?"

"…청소는 분담해야 해."

선하가 중얼거렸다. 시헌이 어색하게 웃었다.

"…그러면 저야 좋기는 하지만… 그래도 남자인데…."

"이거 응큼한 생각 하나 보네. 남녀가 같은 지붕 아래 산다고 항상 역사가 일어나니? 서로 프라이버시 존중하자는 선하 언니의 말은 어디로 까잡순 거야?"

민아가 쏘아붙였다. 그 말에 시헌은 괜히 얼굴을 붉히면서 시선을 피했다. 선하는 우현 쪽을 힐끗 보았다. 우현은 설마 선하가 그런 말을 할 줄은 몰랐다는 듯이 크게 뜬 눈으로 선하를 보고 있었다.

"…너는 어때?"

선하가 물었다.

"집을 새로 구한다고 했잖아. 개인 공간이 필요했던 거지? 몬스터의 사체를 가르는 일도 해야 하니까. …집 뒤편에 창고도 있어. 이 정도면 네가 원하는 조건에 딱 맞는 것 같은데. 괜히 집 구한다고 돈 쓸 필요는 없잖아?"

선하는 은근한 가슴의 떨림을 느끼며 우현의 얼굴을 바라보았다. 갑작스럽게 내뱉은 말이라 스스로도 당황스럽기는 했지만, 말 자체의 개연성에 문제는 없다고 생각했다. 충분히 나올 법한 말이다. 괜히 이상한 눈초리로 비춰질 이유가 없다.

'집을 구한다고도 했었으니까….'

개인 공간이 필요하다며 집을 구한다고 했었지. 처음에는 가족도 있으면서 왜 굳이 독립하겠다고 하는 것인지 이유를 알 수가 없었는데, 이제는 알 것 같았다. 마석을 뽑기 위해 몬스터의 가슴을 갈라야 한다면 당연히 그를 작업할 공간이 필요하다. 창고라면 저택의 뒤편에도 있다. 만약에 우현이 그 창고를 마음에 들어하지 않는다면, 선하는 창고를 새로 지어 줄 용의도 충분히 있었다.

'효, 효율을 위해서니깐.'

누가 묻지도 않았는데 선하는 내심 귓불을 붉히면서 그렇게 변명했다. 그녀가 가장 중시하는 것은 효율이다.

몬스터에게서 마석을 뽑아낸다는 것은 듣도 보도 못한 신비한 능력이다. 투자가치는 충분히 있다. 그래, 이것은 미래를 위한 투자인 것이다. 선하는 필사적으로 변명거리를 생각했다. 누구에게 변명하는 것인지도 모르면서.

"…같이 살자고?"

우현은 조금 놀란 얼굴로 선하를 바라보았다. 선하는 굳이 대답하지 않았다. 대신에 가늘게 머리를 끄덕거렸을 뿐이다. 우현은 놀라 크게 뜬 눈을 깜박거리다가 선하의 뒤편에 세워진 저택을 바라보았다. 조건은 나쁘지 않다. 아니, 오히려 최고다.

현재 우현의 통장 잔고는 거의 바닥이었다. 선하의 말대로 시헌과 민아의 갑옷을 새로 구입한 탓이다. 시헌이 쓰는 펄션과 민아의 검과 방패는 모두 다 보스 몬스터의 사체로 만든 물건으로, 세상에 하나밖에 없는 물건들이다. 무기가 좋으니 갑옷 쪽은 그럭저럭 괜찮은 퀄리티의 중고 갑옷이어도 문제는 없었겠지만, 기왕 새로 사는 것인데 무기와 같은 급은 아니어도 좋은 갑옷을 입혀주고 싶었다.

덕분에 10억이 넘게 있던 돈은 거의 바닥이다. 집을 구할 수는 없다.

"응."

선하는 머리를 끄덕거리며 대답했다. 그녀는 가슴이 조금 두근거리는 것을 느꼈다. 그런 자신을 이해할 수가 없었다. 딱히 다른 마음이 있어서가 아니라, 단순히 효율을 위해서 이런 제안을 한 것인데. 선하는 뛰는 가슴을 손으로 꾹 누르며 우현을 바라보았다.

"…음, 네 말대로 이 집에서 같이 사는 것이 이상적이기는 한데…."

우현은 그렇게 중얼거리며 시헌과 민아 쪽을 힐끗 보았다. 같이 살게 된다면 많은 이점이 있다. 선하의 말대로 창고가 따로 있다면 그쪽에서 몬스터의 사체를 가르는 작업을 할 수 있다. 민아와 시헌의 훈련을 바로 옆에서 봐 줄 수도 있다. 세상 어디에 있어도 판데모니엄에서는 바로 만날 수가 있지만, 아예 함께 산다면 미리 시간을 맞출 필요도 없다.

'게다가 정보 교환도 빠르게 할 수 있지. 던전에 대한 대처법도 세울 수 있고.'

거절할 이유는 전혀 없었다. 오히려 이쪽이 그렇게 해 달라고 부탁해야 할 지경이다. 우현은 생각을 끝냈다.

"알았어. 가족한테 말하고, 바로 이쪽으로 들어오도록 할게."

"응."

선하는 올라가려는 입 꼬리를 숨기며 대답했다.

"그러면 저희 같이 사는 거예요?"

민아가 머리를 갸웃거리며 물었다. 그 질문에 선하는 멈칫거리더니 살짝 머리를 끄덕거렸다.

"다시 말하지만, 서로의 프라이버시는…."

"맞아. 시헌이 너, 괜히 예쁜 누나들이랑 같이 살게 된다고 나쁜 짓 하면 안 돼."

민아가 시헌을 힐끗 보면서 쏘아붙였다. 그 말에 시헌은 억울하다는 표정을 지었다.

"대체 나쁜 짓이 뭔데요?"

그렇게 되묻는 시헌의 말에 민아가 미간을 찡그리며 말했다.

"그걸 꼭 몰라서 물어?"

"모르겠는데요."

"왜, 그 있잖아. 막 속옷 뒤지고… 목욕탕 엿보고…."

"누나가 가진 남자에 대한 이미지가 얼마나 극단적이고 편협한지는 알겠네요."

시헌이 어이가 없다는 듯이 중얼거렸다. 그 말에 민아는 입술을 삐죽거렸다.

"남자에 대한 이미지가 극단적이고 편협한 게 아니라, 너한테 가진 이미지가 극단적이고 편협한 거야."

"내가 대체 뭘 잘못을 했다고."

시헌이 투덜거렸다. 우현은 둘의 대화에 피식 웃으면

서 손에 쥐고 있던 타이푼2를 아공간으로 집어넣었다.

"목표는 한 달이야."

선하가 입을 열었다. 모두의 시선이 선하에게 향했다.

"정확히 말하자면 10월 3일까지. 그때까지 최대한 전력을 키워놔야 해."

"…특별한 이유가 있는거야?"

우현의 물음에 선하가 머리를 끄덕거렸다.

"10월 3일에 27번 던전에서 네임드 몬스터가 출현해. 사실 그 전에 출현하는 몬스터 중에서 베드로사도 있긴 한데, 이미 잡은 몬스터를 또 잡는 것은 우리 쪽에 득이 될 것이 없어. 너와 나는 네임드 몬스터를 한 마리만 더 잡으면 등급을 올릴 수 있으니까… 차라리 새로운 몬스터를 잡는 것이 낫지."

우현이 마석을 만들어낸다는 정보를 밝혔듯이, 선하도 자신이 가진 네임드 몬스터의 정보를 시헌과 민아에게 밝혔다. 선하의 눈이 시헌과 민아에게 향했다.

"9월 16일, 4시 21분에는 18번 던전에서 베드로사가 출현해. 베드로사는 시헌이랑 민아, 너희 둘이서 한 번 잡아 봐. 물론 우리도 같이 가기는 할 거야. 만약의 사태를 대비해서 말이야."

"…으음. 네임드 몬스터라니…."

시헌이 불안한 얼굴로 중얼거렸다. 민아는 눈을 빛내면서 머리를 끄덕거렸다.

"너희 둘이서 베드로사 정도는 잡을 수 있을 정도로 실력을 올려야 해. 27번의 네임드 몬스터는 굉장히 강한 축이야. 난이도도 상당하고."

"무슨 몬스터인데?"

우현이 머리를 갸웃거리며 물었다. 27번이라면 아직 가보지 못한 던전이다.

"카로비스."

선하가 대답했다.

"괴수형이야. 쉽게 말하자면… 머리가 둘 달린 호랑이라고 생각해."

협회는 몬스터를 다섯 종류로 구분했다. 짐승형, 괴수형, 인간형, 인수형, 비행형. 짐승형 몬스터는 1번 던전의 붉은 반달곰 같은 몬스터가 속한다. 현실에서도 볼 수 있는 짐승인데 덩치가 크고 힘이 더 센 수준이다. 괴수형은 현실에 없는 형태. 말 그대로 괴물의 경우를 그리 칭한다. 현실의 멧돼지는 머리에 뿔을 갖고 있지 않다. 1번 던전의 일각 멧돼지는 괴수형 몬스터다. 하지만 일각 멧돼지 정도는 애교다. 그보다 더 흉측하고 괴물답게 생긴 몬스터는 많다. 대부분의 몬스터는 괴수형이다.

그리고 간혹 드물게 인간형 몬스터라고 하여, 인간처

럼 생긴 몬스터도 존재한다. 호정의 세계에서 가장 대표적인 인간형 몬스터는 타이탄이었다. 덩치가 엄청나게 큰 놈이었는데, 인간처럼 두 발로 움직이며 양팔을 가지고 있다. 굳이 따지자면 이 세계에서 골렘이나 베드로사도 인간형 몬스터라고 할 수 있다.

그리고 인수형. 인간과 짐승이 뒤섞인 형태를 갖는다. 바바론가나 켄타우로스는 인수형 몬스터다. 비행형은 말 그대로 날아다니는 놈이다.

"괴수형은 까다로운데."

우현이 중얼거렸다. 그 말에 시헌과 민아가 머리를 갸웃거리며 우현을 보았다.

"괴수형이 왜요?"

그 질문에 우현은 어깨를 으쓱거렸다.

"움직임이 너무 변칙적이거든."

"네?"

시헌이 되물었다.

"짐승형 같은 경우에는 몬스터라고 해도 덩치 큰 짐승 정도야. 동물 나오는 다큐멘터리만 열심히 봐도 어떻게 움직일지는 대강 알 수 있다는 말이지. 그리고 그것은 인간형도 마찬가지야. 인간형이라고 해 봐야 결국 이족 보행, 양 팔 달린 정도니까. 인수형도 크게 다르지는 않아. 하지만 괴수형은 우리가 전혀 모르는 생김새를 가진 경우가 많지."

그래도 머리 두 개 달린 호랑이 정도는 양반이지. 우현은 그렇게 덧붙이면서 머리를 끄덕거렸다.

"괴수형 중에서는 진짜 말도 안 되게 생긴 놈도 많아. 온 몸에 촉수를 달고 있다거나… 그런 놈은 진짜 어떻게 상대할 지도 막막하거든. 카로비스 정도면 양반이야. 하지만 어그로를 잡기는 어렵겠군."

"응. 그래서 난이도가 높다는 거야. 카로비스는 두 개 달린 머리로 각각 다른 생각을 해. 어그로를 잡기 위해서는 그 두 개의 머리를 붙잡아 놔야 하고."

"일단 조금 더 생각해 봐야겠어."

우현은 그렇게 말하면서 시헌과 민아를 보았다.

"오늘이 9월 8일이지? 15일까지는 대략 일주일 남았군. 그때까지 베드로사를 잡을 정도는 되어야 하는데…."

"…음… 그건 조금 힘들지 않을까요. 아니, 민아 누나는 그렇다치고… 저는…."

시헌이 난감하다는 얼굴로 중얼거렸다. 아직 잘린 팔도 그렇게 익숙해지지 않았는데, 대뜸 네임드 몬스터를 잡아 오라니. 시헌의 중얼거림에 우현은 머리를 흔들었다.

"…너무 무리하는 것도 문제지만. 너무 느슨히하는 것

도 문제야. 너는 자기 자신을 너무 낮게 보는 경향이 있어."

"형이 사람을 너무 높게 보는 것 아닌가요?"

시헌이 웃으면서 말했다. 그 말에 우현은 단호히 머리를 흔들었다.

"아니. 나는 다른 건 몰라도 사람 보는 눈은 제법 있다고 자부해. 성격도 나빠서 입에 발린 말도 잘 못하고. 쓰레기는 쓰레기라고 확실히 말하지."

우현의 말에 시헌은 찔끔 입을 다물었다.

"너한테는 재능이 있어. 팔 하나가 잘렸다는 것은 큰 핸디캡이지만… 극복할 수 있다고 봐. 네가 하기에 따라서. 나도 최대한 곁에 붙어서 서포트 해 줄 생각이고. 내가 말했잖아? 팔 하나가 잘려서 기울어진 밸런스는 투기로 신체를 어떻게 강화하느냐에 따라 메울 수 있다고. 9월 15일까지 네가 해야 할 일은 그거야."

우현은 그렇게 말하고서 민아 쪽을 힐끗 보았다.

"네가 해야 할 일은 밸런스를 자유자재로 바꾸는 것. 나는 이걸 스위치라고 불러."

"…스위치…."

민아가 작은 목소리로 중얼거렸다.

"스위치가 능숙해지면 탱킹을 하면서도 딜러만큼 딜

을 넣을 수 있어. 그만큼 힘들기는 하지만… 어쩔 수 없지. 만능형은 대부분의 일을 할 수 있지만, 전문보다는 못해. 전문만큼 하기 위해서는 그만큼 고생해야 하는 거야. 할 수 있겠어?"

"할게요."

민아가 머리를 끄덕거렸다. 그녀는 손에 들고 있는 검과 방패를 힐끗 보더니, 손을 들어 입고 있는 갑옷을 두드렸다.

"선하 언니한테 무기랑 방패도 받았고, 오빠가 갑옷도 사줬으니까."

"갚아라."

우현이 씩 웃으며 대답했다.

"당연하죠."

민아가 활짝 웃으며 말했다. 그 이후로 훈련이 시작되었다. 우현은 멀찍이서 시헌과 민아를 바라보았다. 시헌은 펄션을 휘두르면서 휘청거리다가, 그것에 미간을 찡그리며 잠시 집중하는가 싶더니 다시 펄션을 휘둘렀다. 휘청거림이 덜해지기는 했지만 시헌은 뭔가 만족스럽지 않은 모양이었다.

"밸런스를 바꿔. 밸런스가 너무 상체로 몰렸잖아. 몸을 지탱하는 것은 다리와 허리야. 그쪽에 신경 써."

우현이 지적했다. 시헌은 굳은 얼굴로 머리를 끄덕이

고서 다시 펼션을 휘둘렀다. 우현의 시선이 민아에게로 옮겨졌다. 민아는 양 발을 가볍게 움직이면서 허리를 흔들었다. 방패를 살짝 내밀고, 검을 휘두르고. 표정이 영 불만족스러웠다. 그녀는 머리를 갸웃거리면서 우현 쪽을 힐끗 보았다.

"전부 다 하려고 하지 마. 속도를 내고 싶다면 다른 뭔가는 포기해야 돼. 스위치는 극단적으로 올린 밸런스를 빠르게 반전시키는 거야."

민아가 머리를 살짝 끄덕거렸다. 선하는 민아와 시헌을 가르치는 우현을 힐끗 보았다.

'…투기는 마석을 만들어내는 것으로 키웠다지만… 아무리 봐도 경력이 한 달 같지는 않은데.'

"너무 능숙한 것 아냐?"

마음 속으로 그런 생각을 하며 질문을 던졌다. 그 질문에 우현은 멈칫거리더니 피식 웃었다.

"군대에서 조교를 했었거든."

"조교?"

"응."

거짓말이지만. 선하가 그럴 듯 하다는 듯이 머리를 끄덕거렸다. 더 이상 캐묻지 않아서 내심 다행이라고 생각하며, 우현은 핸드폰을 들었다. 그러고 보니 오늘은 동창회랍시고 모이기로 한 날이었다.

'못 가겠군.'

우현은 시헌과 민아를 힐끗 보면서 생각했다.

◎

"여자랑 같이 산다고?"

집을 나가는 것을 밝혔을 때, 현주는 어처구니가 없다는 표정을 지으며 그렇게 물었다. 우현은 현주의 노골적인 말에 머뭇거리다가 머리를 끄덕거렸다. 현주는 헛웃음을 터트리면서 쥐고 있던 젓가락을 식탁 위에 내려 놓았다.

"어이구, 언제 또 살림을 차리셨대?"

"살림은 무슨."

우현은 어이가 없어서 그렇게 되물었다. 그 말에 현주는 입술을 삐죽거렸다.

"여자랑 같이 산다며. 동거잖아!"

뾰족하게 쏘아붙이는 말에 우현은 괜히 헛기침을 뱉었다. 어머니 역시 조금 놀란 얼굴이었다. 어머니는 눈을 깜박거리면서 우현을 보았다.

"진지하게 만나고 있는 거니?"

"…아니, 그러니까… 사귀거나 그런 것이 아닙니다. 일종의 하숙같은 것인데…."

"하숙?"

현주가 그 말에 반응했다. 머리를 갸웃거리는 현주를 향해 우현이 힘있게 머리를 끄덕거렸다. 동거라는 말이 아주 틀린 것도 아니었지만, 여동생이랑 어머니가 상대라 조금 민망했던 탓이다.

"응. 남자 둘에 여자 둘…."

"딱 맞아 떨어지잖아!"

현주가 빽 소리를 질렀다.

"아니, 그러니까 그런 것 아니라고."

우현은 현주를 힐끗 보면서 말했다. 그 말에 현주는 입술을 삐죽거리더니 내려놓은 젓가락을 다시 들었다.

"너무 갑작스럽잖아. 미리 말도 안 했으면서."

"갑자기 결정 된 거라서 그래."

우현은 투덜거리면서 대답했다. 현주는 영 미심쩍다는 표정으로 우현을 흘겼다. 그런 눈초리를 하는 것은 우현의 어머니 역시 마찬가지였다. 모녀가 둘이서 그런 시선을 보내니 우현은 낮게 헛기침을 하면서 상황을 설명했다.

이번에 평소 알고 지내던 헌터들끼리 고정 파티를 만들기로 했는데, 서로 손을 맞춰도 보고 파티의 작전을 짜는 것에 편의를 위해 파티원 중 한 명의 집에 들

어가기로 했다는 것. 집이 넓고 포메이션을 연습할 정
원도 있는데다, 파티원의 팀워크를 도모도 할 겸… 우
현은 막힘없이 설명을 이어갔다. 그로서도 어머니와
여동생에게 괜한 오해를 사고 싶지 않았기 때문이다.

"그러니까, 쉽게 말해서 운동부 합숙 같은 거네?"

현주가 머리를 갸웃거리며 물었고, 우현은 머리를 끄
덕거렸다. 그 말에 현주는 영 못 마땅하다는 듯이 우현
에게 시선을 보냈다.

"생각해 보면 우리 오빠도 참 용됐어. 예전에 방에서
게임만 할 때에는 저걸 어디다 쓸까 이런 생각도 했었는
데."

빌어먹을 정우현. 우현은 마음 속으로 투덜거렸다. 괜
히 하지도 않은 짓 때문에 욕을 먹는 기분이었기 때문이
다. 하지만 따지고 보면 멋대로 우현의 인생을 빼앗은
것은 호정 쪽이라, 내심 미안하다는 생각도 조금 들었
다.

'근데 이게 빼앗은 건가?'

정확히 말하자면 우현에게 호정의 기억이 섞여 들어
갔다고 해야 할지 않을까. 아니면 인격이 섞였다던가.
어느 쪽이든 이전의 우현이 사라졌다는 것은 틀림없는
사실이었다. 우현은 현주를 힐끗 보면서 말했다.

"용돈 안 준다."

"잘못했어."

현주가 바로 머리를 숙이며 사과했다. 헌터 생활이 제법 잘 되는 탓에, 우현의 수입은 이미 어머니의 것을 넘어 있었다. 이번에 시헌과 민아 덕에 큰 지출이 나가기는 했지만, 그래도 벌어들이는 돈의 일부는 꾸준히 가족에게 보태고 있다. 굳이 그러지도 않아도 부족한 살림은 아니었지만, 우현으로서는 혼자 자식을 키우는 어머니가 하루라도 빨리 일에서 손을 놓고 집에서 쉬는 것을 바라고 있었다.

처음에는 어색했지만 하루가 지날수록 우현은 자신의 가족을 진짜 가족처럼 여기게 되었다. 호정이었을 때에는 이렇게 애정을 쏟을 가족이 없었다. 대리 만족과는 조금 달랐다. 호정은 완전히 우현이 되어가고 있었으니까.

"알겠어. 그 쪽이 일하는 것에 편하다니… 어쩔 수 없지. 그래도 가끔은 집에 놀러 오렴."

어머니가 말했다. 그 말에 우현은 웃으며 머리를 끄덕거렸다.

"예."

그는 그렇게 말하면서 몸을 일으켰다.

"잘 먹었습니다."

"벌써? 오빠 밥 거의 안 먹었잖아."

현주가 놀란 눈으로 우현의 밥그릇을 바라보았다. 현주의 말대로 우현은 밥을 반 이상 남겨 놓았다. 현주의 시선에 우현은 쓰게 웃었다.

"입맛이 없거든."

반찬은 제육볶음. 빨갛게 물든 고기. 우현은 그것을 더 이상 보고 싶지 않았다. 그는 어머니를 향해 살짝 머리를 숙여 보이고선 자신의 방으로 돌아왔다.

오늘, 우현은 아공간 안에 숨겨 놓았던 시체를 처리했다. 해리와 잭. 이름을 아는 것은 그 둘이 전부다. 시체를 처리하기 전에 소지품을 살폈지만 등록증조차 없었다. 아공간 안에 집어넣은 모양이다. 그들이 쓰던 갑옷은 따로 처분할 수도 있었겠지만… 그렇게 하지도 않았다. 괜히 갑옷도 없는 시체를 유기했다가는 나중에 시체가 발견되었을 때 소란이 있을 것 같았기 때문이다.

던전을 나누었다. 한 던전에 열 명이나 되는 시체를 몰아넣지 않았다. 10번 던전부터 시작하여 무작위로 던전을 선발했다. GPS를 확인하며 입구 게이트에서 세이브 포인트까지의 정석 루트에서 벗어난 지역에 시체를 유기했다. 시체를 던지고서 곧바로 자리를 떠나지도 않았다. 그 자리에서 모습을 숨기고 몬스터가 나타나는 것을 기다렸다. 얼마 지나지 않아 피 냄새를 맡은 몬스터가 나타났고

게걸스러운 포식. 피가 튀고, 새빨간 고기가 더 새빨갛게 물들고. 입맛이 없을 수밖에 없었다. 불고기라면 괜찮았을까? 시답잖은 생각을 하면서 입술을 꾹 다문다. 피를 흘리는 것도 아닌데 입 안에서는 비릿한 피의 맛이 느껴졌다.

'그래도 하나 알았군.'

우현은 침대에 털썩 앉았다. 그는 자신의 손을 내려다보았다. 손끝이 가늘게 떨리고 있었다. 아까 전, 피에 묻은 손이 떠올랐다.

인의에 어긋나는 짓이지만 우현은 시체의 가슴을 갈랐다. 한 가지 확인해 보아야 할 것이 있었기 때문이다. 우현의 피는 몬스터의 심장에 떨어트렸을 때, 몬스터가 가진 힘을 마석으로 뒤바꾼다. 그렇다면 헌터는 어떨까. 헌터와 몬스터는 종족은 다르지만 몸 안에 투기라는 미지의 힘을 담고 있는 것은 똑같다.

그래서 실험해 보았다. 자신의 피로 헌터의 몸 안에서 마석을 정제해 낼 수 있을까. 선택된 것은 잭이었다. 해리의 시체는 쓸 수 없었다. 해리의 시체는 실험으로 사용하기에는 너무 처참했다. 시헌의 팔이 훼손된 것을 보고, 우현이 이성을 놓았기 때문이다.

실험은 실패였다. 잭의 가슴을 갈라 심장에 피를 떨어트려 보았지만 아무런 일도 일어나지 않았다. 오히려 기분이 나빠졌고, 속이 역겨워졌다. 실험은 실패였지만 우현은 실패를 다행이라고 생각했다. 만약 인간의 심장에서 마석을 정제해 내는 것이 가능했다면

가능했다면.

"가능했다면, 어떻게 되었을까."

굳이 목소리를 내서 물었다. 자기 자신에게 던지는 물음이었다. 헌터의 심장에서 마석을 정제해 낼 수 있다면? 어쩌면, 헌터의 심장에서 정제한 마석은 몬스터에게서 뽑아내는 마석보다 효율이 좋을 지도 모른다. 그야 그럴 것이, 헌터는 몬스터를 사냥하는 자니까. 사냥감인 몬스터보다 강한 자니까.

사람을 죽이는 것은 의외로 어렵지 않다. 아주 작은 용기와, 아주 작은 결단력과, 아주 작은, 아주 작은… 분노와, 증오와, 무시만 있으면 된다. 용기는 행동을 만들고 결단력은 망설이지 않게 해주며 분노는 등을 떠밀고 증오는 손을 떨지 않게 해주고 무시는 손을 내리 찍을 수 있게 만든다.

직접 겪은 일이다. 해 보았다. 오히려 사람을 죽이는 것이 몬스터보다 쉽다고 느꼈다. 해리는 강했고, 잭도 강했다. 하지만 그들은 결정적으로 몬스터보다 단단하지 않았다. 방어벽을 뚫는 작업은 필요없다. 검을 휘두르면 죽었고, 그것이 끝이었다.

그래서 다행이라고 여겼다. 만약, 우현이 궁지에 몰렸을 때. 아무리 발악해도 데루가 마키나를 쓰러트릴 방법이 보이지 않을 때. 예정된 종말을 바꿀 수 없음을 확신하였을 때.

어쩌면 그런 극단적인 상황은 우현에게 작은 용기와, 작은 결단력과, 작은 분노와, 작은 증오와, 작은 무시를 강요했을 지도 모른다. 다행이야. 우현은 떨리는 손을 바라보면서 생각했다. 사람을 죽이는 것은 의외로 어렵지 않았지만

다시는 하고 싶지 않았다.

이것으로 모두 끝났다. 협회는 16번 던전을 뒤지면서 해리 패거리를 계속해서 수색할 것이다. '놈들 못 찾았다.' 며칠 전, 우현이 던전에서 몬스터를 사냥하고 그를 처분했을 때. 강만석이 했던 말이다. 시헌이 병원에 있는 동안 우현은 계속해서 던전을 돌며 사냥을 계속했다. 불쾌함을 없애고 싶었기 때문이다.

침대에 올린 손 끝에 담배갑이 닿았다.

담배는 끊지 못했다.

◎

"이게 다야?"

다음 날, 선하의 집에 갔을 때. 선하는 어처구니 없다는 얼굴로 우현을 바라보았다. 우현이 들고 온 짐이 너무 작았기 때문이다. 우현은 거실에 늘어놓은 자신의 짐을 보면서 머리를 끄덕거렸다.

"이 정도면 충분하지."

우현이 가지고 온 것은 갈아입을 옷들이 전부였다. 가진 옷을 모조리 들고 왔지만 가방 두 개 정도가 고작이었다. 선하는 살짝 열린 지퍼 너머로 보이는 우현의 옷을 힐끗 보았다.

"촌스러워."

선하는 솔직히 감상을 늘어 놓았다. 그 말에 우현의 얼굴이 실룩거렸다.

"뭐가 촌스럽다는 거야?"

되묻는 말에 선하는 되려 어이가 없다는 듯이 우현을 바라보았다.

"티셔츠, 목이 늘어졌잖아. 그리고 네 나이에 무슨 캐릭터 티야?"

"내가 산 것도 아닌데."

우현은 자신도 모르게 억울하여 변명했다. 저 티는 우현이 산 것이 아니라, 이전의 우현이 산 것이다. 결국 내가 산 것이로군. 우현은 할 말이 없어서 입을 다물었다.

"작업복으로 쓰면 돼."

우현이 투덜거렸다.

"무슨 작업?"

"몬스터 가슴 가를 때. 피 튀기잖아."

우현의 말에 선하는 한숨을 쉬면서 우현을 바라보았다.

"…앞치마를 둘러, 차라리."

오히려 그 쪽이 더 이상할 것 같은데. 우현은 선하를 흘기면서 가방을 들었다.

"그러고 보니, 강만석 아저씨가 말했었어."

"뭐라고?"

선하는 계단을 올라가 우현의 방을 안내해 주었다. 우현의 방은 2층의 계단 옆에 있는 방으로, 넓은 창문에서 따스한 햇빛이 들어오고 정원이 그대로 내려 보이는 전망이 좋은 곳이었다. 우현은 텅 빈 방안을 쓱 둘러 보았다.

"원래 안 쓰던 방이야. 말했잖아, 아빠랑 둘이 살았다고."

하지만 역시 가구가 하나도 없다는 것은 이상하다. 우현이 선하를 빤히 보자 선하는 낮게 헛기침을 했다.

"내 드레스 룸으로 쓰던 방이야. 옷은 다른 곳에 옮겼어. 하던 말이나 계속해 봐. 강만석씨가 뭐라고 했는데?"

"내가 들고오는 몬스터는 왜 항상 가슴이 갈라져 있냐고."

그 말에 선하의 얼굴이 창백해졌다.

"뭐라고 대답했어?"

선하의 물음에 우현은 어깨를 으쓱거렸다.

"확인사살이라고."

"…그러니까 뭐라고 해?"

"너무 신중한 것도 병이래. 앞으로는 방식을 조금 바꿔야겠어. 가슴만 갈라 놓으니까, 역시 눈에 너무 띄잖아."

"그러면 어떻게 할 건데?"

"아예 상반신을 잘라 버려야지. 가슴을 갈라서 심장에서 마석을 빼고, 그 뒤에는 아예 사선으로 몸을 썰어야겠어. 그 편이 오히려 확실하겠지."

우현의 말에 선하는 끔찍하다는 듯 미간을 찡그렸다.

"시헌이와 민아는?"

우현의 물음에 선하가 머리를 흔들었다.

"조금 이따 온대. 그나저나… 이 방. 가구가 하나도 없는데. 어떻게 할 거야?"

선하의 물음에 우현은 대수롭지 않다는 듯이 대답했다.

"새로 사야지. 침대랑 책상, 컴퓨터만 있으면 될 것 같은데….”

"그러면 사러 가야겠네."

선하가 무덤덤한 목소리로 대답했다.

"응."

당연하지 않냐는 듯이 우현이 대답했다. 선하는 잠시
머뭇거리다가 입을 열었다.

"그러면 지금 사러 가자. 시헌이랑 민아 오기 전에."

"…지금? 같이?"

우현의 물음에 선하가 미간을 찡그렸다.

"괜히 이상한 생각하지 마. 나도 마트에 볼 일이 있으
니까."

착각따위 한 적 없는데. 우현은 억울하다는 듯이 선하
를 바라보았다. 그 시선에 선하는 낮게 헛기침을 하더니
몸을 돌렸다.

"가자."

그녀는 얼굴도 보지 않고 그렇게 말하고선 방을 나가
버렸다.

차가 있었구나.

우현은 운전석에 앉은 선하를 힐끗 보면서 생각했다.
그녀는 선글라스를 끼고 뚱한 얼굴로 차를 몰고 있었다.
2인승의 스포츠카, 차종은 모른다. 다만 생긴 것부터 비
싼 티가 줄줄 흐르는 차였다. 그러고 보니 나도 면허가

있었지. 우현의 기억으로는 군대에서 땄던 면허증이다. 물론 이 몸으로 운전한 경험은 없다. 하지만 예전에는 곧잘 몰았었지. 그러니 아마 지금도 어느 정도는 운전할 수 있지 않을까.

"표정이 왜 그래?"

우현은 선하의 얼굴을 힐끗 보면서 물었다. 그녀는 무언가에 불만이 가득 찬 얼굴이었는데, 선글라스를 끼고 있는 탓에 눈빛이 잘 보이지 않았다. 우현의 물음에 선하는 대답하지 앞을 빤히 보았다. 내가 뭐 기분 나쁘게라도 했나? 우현은 머리를 갸웃거리며 선하를 빤히 보았다.

"대체 왜…."

"말 걸지 마."

선하가 굳은 목소리로 대답했다.

"뭐?"

선하의 대답에 우현은 미간을 찡그렸다. 뭘 잘못했는지도 모르는데 대뜸 말 걸지 말라니. 이건 너무한 것 아냐? 우현은 그렇게 생각하며 선하의 어깨를 잡았다.

"야, 화 났으면 왜 화가 났는지 말해야지. 밑도 끝도 없이 그러면 나보고 대체 뭘…."

"만지지 마."

선하의 목소리가 조금 떨렸다. 어깨를 잡고서 알았다.

선하의 어깨가 가늘게 떨리고 있었다. 우현은 놀란 얼굴을 하고서 선하의 어깨에서 손을 뗐다.

"왜 그래? 어디 아파?"

우현의 물음에 선하는 창백하게 식은 얼굴로 우현을 힐끗 보았다. 우현은 식은땀이 조금 흐르는 선하의 이마를 보면서 침을 꿀꺽 삼켰다.

"…화장실?"

조심스레 묻는 질문에 선하의 얼굴이 팍 구겨졌다.

"그런 것 아냐."

선하가 대답했다. 그녀는 어깨를 움츠리고 양 손으로 운전대를 잡았다. 그것을 보고서야 우현은 깨달았다.

"너 운전 몇 번 안 해봤구나?"

우현의 물음에 선하는 굳은 얼굴로 머리를 끄덕거렸다. 우현은 한숨을 쉬면서 전방을 확인했다. 다행히 도로는 한산한 편이었다. 계속 가도 문제는 없을 것 같은데… 우현은 네비게이션을 힐끗 보았다. 아직 백화점까지는 조금 거리가 있다.

"저기, 저 앞에서 잠깐 세워 봐."

"…왜?"

선하가 떨리는 목소리로 물었다. 이럴거면 왜 차를 타고 가자고 한 거야? 우현은 내심 투덜거리면서 안전벨트를 풀었다.

"세우라면 세워."

차가 멈췄다. 우현은 문을 열고 밖으로 나왔다. 선하
는 운전석에 굳은 상태로 앉아서 입술을 잘근거리며 씹
었다. 면허를 따기는 했지만, 차를 몰아본 적은 거의 없
다. 이 차도 그녀의 아버지가 쓰던 차다. 날씨도 덥고 하
니 드라이브라도 할 생각으로 같이 차를 끌고 나온 것은
좋았는데… 도로로 나오니 숨이 턱 막히고 정신이 혼미
했다. 몬스터를 잡을 때에도 이렇게 긴장되지는 않았었
는데.

톡, 톡.

유리창이 두들리는 소리에 선하는 머리를 들었다. 우
현은 시큰둥한 얼굴로 선하의 창문을 손끝으로 두드렸
다.

"내려."

그 말에 선하는 군말없이 안전벨트를 풀고 차문을 열
고 밖으로 나왔다.

"…걸어가려고?"

선하가 조심스러운 목소리로 물었다. 그 물음에 우현
은 머리를 흔들었다.

"아니, 내가 운전할게."

"면허증 있어?"

"없는데 운전한다고 그러겠냐?"

되묻는 말에 선하는 찔끔하여 입을 다물었다. 우현은 운전석에 앉고서 안전벨트를 맸다. 선하는 긴장한 얼굴로 우현의 옆에 앉았다.

"너, 운전 잘해?"

선하가 조심스레 물었다. 우현은 잠시 생각하다가 머리를 끄덕거렸다.

"아마도."

운전법은 이전의 세계와 다를 것이 없었다. 멈췄던 차가 움직이기 시작했다. 선하는 별 표정의 변화도 없이 차를 모는 우현을 신기하다는 듯이 힐끗거렸다. 우현은 그런 선하의 시선을 무시하며 네비게이션의 인도에 따라 백화점으로 차를 운전했다. 얼마 지나지 않아 둘은 백화점에 도착했다.

주차장에 차를 세우고 엘리베이터를 탔다. 먼저 들른 곳은 가구 매장이었다.

"너도 살 것 있다면서?"

우현은 엘리베이터에서 내리며 선하를 힐끗 보았다. 선글라스를 벗던 선하는 우현을 힐끗 보았다.

"응."

"뭘 사려고 하는 건데?"

"지금부터 생각할 거야."

선하는 대수롭지 않다는 듯이 대답했다. 그 대답에 우

현은 어이가 없어서 선하의 얼굴을 바라보았다. 아니, 그러면 대체 왜 따라 온 거야? 운전에 자신도 없으면서 차를 몰은 것도 그렇고, 오늘의 선하는 뭔가 이상했다. 평소에는 조금 더 냉정하고 이성적이었던 것 같은데.

"어디 아파?"

"전혀."

선하는 무덤덤한 목소리로 답했지만 내심 기분이 묘해지는 것을 느꼈다. 생각해 보니, 아버지를 제외하고서 남자와 단 둘이 차를 탄 것은 처음이었다. 게다가 같이 쇼핑이라니. 그것도 가구를 보러 쇼핑… 같이 살게 되었지. 선하는 얼굴이 확 달아오르는 것을 느꼈다. 대체 지금 무슨 생각을 하는 거야? 어처구니가 없어서 스스로에게 그렇게 물었지만, 대답을 떠올릴 수가 없었다. 그러고 보니 어제도 이상하게 긴장해서 잠이 오질 않았다. 아침에는 일찍 일어나서 대대적으로 집안을 청소했고.

'얘는 왜이리 멀쩡해?'

선하는 무덤덤한 우현의 표정을 힐끗 보면서 괜스런 억울함을 느꼈다. 자신은 긴장하여 가슴도 두근거리고, 이상하게 몸에서 땀이 많아진 것 같고, 잠도 잘 못잤고, 청소까지 깔끔히 했는데. 남의 집에 들어와서 사는 주제에 가지고 온 것도 없고… 입고 있는 옷은 촌스럽고…

가지고 있는 옷도 촌스럽고… 같이 드라이브 비슷한 것
도 했는데도 좋아하는 기색은 없는 것 같고.

아니, 그렇게 말하니까 내가 같이 드라이브를 해서 기
분이 좋았다는 것 같잖아. 전혀, 하나도 안 좋았어. 선하
는 작게 머리를 끄덕거리며 생각했다. 운전대도 무섭고
도로도 무섭고. 아니, 그러니까… 무서운 것은 아니지
만. 그냥, 긴장되었고.

그래도 조수석은 꽤 편했지.

"방이 제법 넓으니까 침대는 굳이 싱글 안 사도 될 것
같은데."

"…응?"

우현의 중얼거림에 선하가 멍한 소리를 냈다. 다른 생
각에 빠져서 집중하지 못한 것이다. 우현은 머리를 갸웃
거리며 선하 쪽을 보았다. 멍하니 눈을 깜박거리던 선하
가 우현을 돌아봤다.

"방금 뭐라고 말했어?"

그 물음에 우현은 이상하다는 눈초리로 선하를 바라
보았다.

"침대 싱글로 안 사도 될 것 같다고."

"…너, 너 무슨 생각을 하는 거야?"

선하가 더듬거리며 물었다. 당황하여 빨개지는 선하
의 얼굴을 보면서 우현이 머리를 갸웃거렸다.

"뜬금없이 뭐래?"

그 물음에 선하는 우현이 보고 있던 침대를 힐끗 보았다. 퀸 사이즈 침대. 남녀 둘이 누워도 제법 자리가 남는 사이즈.

"나, 나는 그럴 생각없어."

"대체 뭐라는 거야?"

우현은 붉어진 선하의 얼굴을 보면서 투덜거렸다. 그 말에 선하는 정신을 차렸다. 그녀는 낮게 헛기침을 하면서 머리를 흔들었다.

"…미안. 잠깐 다른 생각을 하고 있었어. 뭐라고?"

선하는 호흡을 가다듬고 표정을 되돌렸다. 붉어진 얼굴이 아직 화끈거리기는 했지만 표정 관리에 문제는 없다. 평소와 똑같다. 선하는 그런 자신을 믿고서 우현을 바라보았지만, 우현이 보는 선하의 얼굴은 사과처럼 새빨갛게 붉었을 뿐이다. 정말 어디 아픈 것이라도 아닌가? 우현은 그런 생각을 하면서 미심쩍다는 듯이 선하를 바라보았다.

"얼굴 엄청 빨간데. 열 있는 것 아냐?"

"…날씨가 더워서 그래."

대답이 조금 늦긴 했지만 수습은 완벽했다. 선하의 말에 우현은 어깨를 으쓱거렸다.

"뭐, 9월이니까. 덥기는 하지."

백화점이라 에어컨은 빵빵하지만, 자기가 덥다는데 더 뭐라고 하겠는가.

　"방이 넓으니까 싱글보다는 퀸 사이즈가 나을 것 같다고."

　"…마음대로 해. 어차피 너 혼자 눕는 침대잖아."

　선하는 '혼자'라는 단어를 강조하며 말했다. 악센트가 들어간 선하의 말에 우현은 머리를 갸웃거리면서도 뭐라 더 되묻지는 않았다. 우현은 턱을 어루만지며 침대를 살폈다. 퀸 사이즈 침대는 대부분이 커플, 혹은 부부가 사용하는 것이라 아기자기하고 화려한 것이 많았다.

　굳이 화려한 것을 고를 필요는 없지. 우현은 적당한 침대를 골랐다. 선하의 표정이 바뀌었다.

　"너무 심플한 것 아냐?"

　"나 혼자 쓰는 침대인데 화려해서 어디다 쓰라고?"

　우현의 물음에 선하는 대답하지 못하고 입술을 뻐끔거렸다. 곧, 그녀는 낮게 헛기침을 하더니 우현이 보고 있던 침대의 앞으로 다가갔다. 마음에 들지 않았다. 베갯잇도, 이불보도. 뭐 그런 것이야 바꾸면 되는 것이지만… 선하는 다른 침대를 힐끗 보았다. 그녀가 마음에 드는 것은 저쪽 침대였다.

　"매트리스가 별로야."

선하는 그렇게 말하며 손을 들어 침대를 꾹 눌러 보았다. 사실 눌러봐야 잘 알지도 못하지만. 그녀는 우현을 힐끗 보았다.

"헌터라면 언제나 몸 관리에 신경써야 해. 잠자리가 안 좋으면 피로도 잘 안 풀려. 저쪽 침대는 어때?"

선하는 그렇게 말하며 자신이 마음에 든 침대를 가리켰다. 그 말에 우현은 머리를 갸웃거렸다.

"그래?"

그는 그렇게 중얼거리면서 선하가 가리킨 침대를 보았다. 가격 차이도 별로 안 나니 상관없나. 우현은 머리를 끄덕거렸다.

"그러면 저걸로 할게."

"잘 생각했어."

선하는 내심 뿌듯함을 느꼈고, 자신이 왜 뿌듯해하는 것인지 스스로 납득을 하지 못했다. 대체 내가 왜 남의 침대를 신경쓰는 거야? 그녀는 뚱한 얼굴로 그렇게 생각하면서 우현의 곁으로 돌아왔다. 침대를 고르기는 했지만 아직 사야 할 것은 남아있다.

"저쪽 책상이 괜찮은 것 같아."

선하가 급히 손을 들어 마음에 든 책상을 가리켰다. 우현은 별 반발없이 선하가 고르는대로 가구를 골랐다. 그러다 보니 우현의 방에 들일 가구는 우현의 취향이 아니라 선하의 취향대로 골라졌다. 자연스럽게 주도권은 선하가 갖게 되었다. 그녀는 우현을 끌고 다니면서 방 안에 놓을 가구를 엄선하여 골랐다. 침대, 책상, 옷장부터 해서 여분의 침구류와 커튼의 색까지.

"이렇게까지 할 필요있어?"

우현의 투덜거림에 선하가 눈을 흘겼다.

"할 필요있어."

그녀는 단호하게 말했다.

"컴퓨터는 어떻게 할 거야?"

"음… 하나쯤은 있어야겠지. 슬레이어즈 게시판도 확인해야 하니까."

조립식 컴퓨터로 할까 생각을 해 보았다. 컴퓨터를 조립해 본 경험이나 노하우는 우현의 머릿속에 들어 있었다. 원래 이 몸은 방에 틀어박혀 게임만 하던 놈의 것이니까. 그쪽으로는 전문가라 해도 좋을 정도다. 하지만 기왕 백화점에 왔으니 아예 완제품을 사버렸다. 어차피 게임을 하는 것도 아니고 웹서핑 용이니까.

"이 정도면 얼추 된 것 같은데."

방을 채울 가구는 전부 샀다. 오히려 너무 과하게 샀다는 느낌이었다. 선하는 만족스러운 표정을 지었다. 방의 크기와 창문의 위치, 조명을 생각해서 가구를 배치했고 인테리어에도 신경을 썼다. 이 정도면 충분해. 대체 뭐가 충분하다는 것인지는 스스로도 알 수 없었지만.

"너도 사야 할 물건 있는 것 아니었어?"

우현은 시간을 확인했다. 백화점에 오고나서 거의 두 시간 가까이 시간이 흘러 있었다. 선하가 신중하게 가구를 고른 탓이다.

"생각해 보니 안 사도 될 것 같아."

선하는 개운한 기분으로 대답했다. 그녀의 대답에 우현은 어이가 없어서 선하를 바라보았다.

"그러면 대체 왜 온 거야?"

"오기 전에는 살 것이 있었어. 돌아다니면서 생각해 보니 안 사도 될 것 같다고 결론을 낸 거야."

선하는 아무렇지도 않다는 듯이 그렇게 대답했다. 그녀는 팔짱을 끼고 서서 우현의 몸을 쭉 훑어 보았다. 특색없는 셔츠와 바지. 그리고 운동화. 선하는 그것을 보며 한숨을 쉬었다.

"…기왕 백화점에 왔으니까, 네 옷이나 사자."

"옷?"

"사람처럼은 하고 다녀야 할 것 아냐."

"내 옷차림이 뭐 어때서?"

우현이 억울하다는 듯이 반발했다. 우현의 말에 선하는 조금 질렸다는 듯이 미간을 찡그렸다.

"진심으로 하는 말이야?"

우현은 입을 다물었다. 결국 그 날은 선하에게 끌려 다니면서, 그녀가 골라주는 옷을 사게 되었다. 솔직히 선하가 골라주는 옷이 마음에 들지 않은 것은 아니었지만, 자신의 센스가 무시당하는 것 같아서 조금 시무룩해질 수밖에 없었다.

쇼핑을 끝내고 집으로 돌아왔다. 우현은 몇 개나 되는 쇼핑백을 거실에 내려놓으며 한숨을 내쉬었다. 옷을 사기는 했지만, 이 옷을 입을 기회가 몇 번이나 있을까. 우현은 머리를 흔들었다. 쓸데없는 생각이다. 당장은 카로비스를 레이드하는 것에 신경을 집중해야 한다.

남은 시간 동안 파티의 전력을, 그리고 자신의 실력을 최대한 끌어 올려야 한다.

REVENGE

4. 카로비스 레이드

HUNTING

NEO MODERN FANTASY STORY & ADVANTURE

REVENGE HUNTING

4. 카로비스 레이드

턱하니 막힌 호흡을 뚫는다. 호흡을 더욱 짧게 끊는
다. 훅, 훅. 입술 사이로 뱉는 숨은 자신의 것이라고 믿
을 수 없을 정도로 거칠었다. 끊고, 끊고….

한 번 멈추고.

길게 마시고, 뱉는다. 투기의 밸런스를 뒤집는 것. 제
동하고, 가속하고. '예를 들자면, 호흡을 조절하는 거
야.' 민아가 좀처럼 스위치를 성공하지 못하자 우현은
그렇게 조언을 주었다. 호흡의 길이. 길게 쉬고, 짧게 쉬
고, 뱉고, 마시고, 멈추고. 그것에 투기를 대입하라고.
짧게 끊는 것으로 투기의 스위치를 바꾼다. 삼킬때는 강
하게, 뱉을 때는 빠르게. 여전히 이해가 힘들기는 했지

만, 이전보다는 나았다.

"뒤로!"

민아가 고함을 질렀다. 예, 예. 시헌은 그런 생각을 하면서 발을 뒤로 끌었다.

꽈앙!

내리 찍은 베드로사의 양 주먹이 땅을 뒤흔들었다. 시헌은 살짝 비틀거리기는 했지만 빠르게 균형을 다시 잡았다. 그는 미간을 살짝 찡그리면서 오른손에 쥐고 있던 펄션을 바라보았다.

'아직 좀 아프네.'

오늘이 오기까지 할 수 있는 모든 노력은 전부 다 했노라고 자신할 수 있었다. 잠을 자는 것까지 줄여가면서 펄션을 휘둘렀다. 한 팔을 잃은 것에 몸이 완전히 익숙해지도록 만들었다. 하지만 아직은 안 돼. 펄션을 너무 오래 휘두르니 손목이 욱신거린다. 검을 휘두를 때마다 긴장을 조금이라도 놓으면 균형을 잡지 못한다. 투기를 사용하여 육체를 강화하는 것도 아직 버겁게 여겨진다.

하지만.

시헌은 까득 이를 갈았다. 입 안에서 단내가 났다. 차가운 냉수를 들이키고 싶었다. 조금만 더. 시헌은 그렇게 생각하며 땀이 흘러 들어간 눈에 힘을 주었다. 발을 크게 뻗고, 몸을 뒤로 젖히면서 펄션을 높이 들었다.

콰직!

전력을 다해 내리찍은 펄션이 방어벽을 파고드는 것이 느껴졌다.

"어때?"

선하가 물었다. 그녀는 적당히 떨어진 곳에 서서 시헌과 민아가 베드로사를 상대로 싸우는 것을 바라보았다. 선하의 곁에는 우현이 있었다. 우현은 팔짱을 끼고서 신중한 표정으로 선하와 시헌의 움직임을 보았다.

"조금 어설프기는 한데… 저게 최선이라고 봐."

우현은 머리를 끄덕거리며 말했다. 고작해야 몇 주일. 아무리 재능이 있다고 해도 스위치는 난이도가 높은 기술이다. 금세 숙달될 수 있을 리가 없다. 오히려 그 짧은 사이에 저렇게까지 익혔다는 것에 칭찬을 주어야 할 것이다.

'하지만, 아무래도 기울어지게 되는군.'

우현은 민아와 시헌의 움직임을 살피며 생각했다. 스위치를 제대로 사용하기 위해서는 상황에 적절하게 밸런스를 극단적으로 바꿔야 한다. 하지만 시헌과 민아는 그것을 잘 하지 못하고 있었다. 아무래도 집중되는 밸런스가 있다는 말이다. 민아의 경우에는 속도였고, 시헌의 경우에는 힘이었다. 그것은 어쩔 수 없는 일이었다.

우현이 스위치를 창안했을 때, 그때의 우현은 등급이 꽤 높은 헌터였다. 몬스터와 싸우는 것에도 익숙했고 투기를 다루는 것에도 익숙했다. 즉, 어떤 상황에서 투기를 다뤄야 할 지를 알았다는 것이다.

하지만 민아와 시헌에게는 그런 경험이 적다. 그러다 보니 스위치를 제대로 활용하지 못하는 것이다. 하지만 저것에 대해서는 우현이 어떻게 조언을 해 주는 것에도 확실한 한계가 존재했다. 경험적인 면은 스스로 겪어보는 수밖에 없다.

"그래도 곧 잡겠네."

우현은 시간을 확인했다. 1시간이 다 되어가는 군. 적당히 생각해 둔 수준에는 맞추었나. 네임드 몬스터를 처음 사냥하는 것이라고 생각해 보면 준수한 편이다. 만약의 사태를 대비하여, 위험할 때에는 앞으로 나서려고 했는데… 그럴 필요는 없을 것 같다. 제법 지친 기색이 보이기는 하지만 시헌과 민아의 움직임은 아직 흐트러지지 않았다. 저렇게 둘이서 호흡을 맞추며 집중하고 있는데, 괜히 끼어들어서 호흡을 망쳤다가는 더 위험해 질 것이다.

얼마 지나지 않아 베드로사가 땅에 몸을 뉘였다. 70분 정도 걸렸군. 우현은 머리를 끄덕거렸다. 시헌과 민아는 숨을 헐떡거리며 땅에 주저앉았다. 민아는 눈앞이

팽팽 도는 것 같았다. 하도 몸을 움직인 탓에 다리가 욱신거렸고 속은 울렁거렸다. 시헌은 미간을 찡그리면서 자신의 손아귀를 내려 보았다. 몇 주 동안 박아 넣은 굳은 살이 찢어져 피가 흐르고 있었다.

"잘했어."

우현은 시헌과 민아에게 다가가며 말했다. 민아는 흠뻑 젖은 머리카락을 위로 올리면서 우현을 바라보았다. 우현은 자신을 보는 민아의 얼굴을 보며 빙그레 웃었다.

"네임드 몬스터를 상대로 탱킹하는 것은 처음이지? 소감이 어때?"

"죽을 것 같아요."

민아는 헐떡거리며 말했다. 일반 몬스터를 상대로 탱킹해 본 적은 몇 번 정도 있었다. 하지만 일반 몬스터와 네임드 몬스터는 달라도 너무 달랐다. 전투 시간부터 몇 배는 차이가 나는데다 공격의 위력과 덩치… 민아는 아공간에서 물을 꺼내 벌컥거리며 물을 들이켰다.

"그래도 처음 치고는 엄청 잘한 거야. 어그로도 안 놓쳤고, 공격도 안 맞았잖아."

베드로사와 싸우기 전에 몇 번이고 베드로사에 대해 알려주기는 했지만, 알려 준 정보를 곧바로 활용한다는 것은 민아가 그만큼 집중했다는 뜻이다. 우현은 시헌을 바라보았다.

"너도 잘했어. 어그로 튀지 않도록 공격 적당히 조절하고, 공격에 너무 몰두하지도 않고."

우현의 말에 시헌은 지쳐 붉게 달아오른 얼굴로 씩 웃었다. 나름대로 신경 쓴 부분을 알아주니 기분이 좋은 것이다.

"하지만 전부 다 잘한 것은 아니야. 탱커는 몬스터의 이목을 끌어야 해. 그런데 너는 피하는 것에만 너무 집중했어. 속도를 올리는 것은 좋지만 공격이 너무 가벼워. 그런 식이면 스위치를 쓸 필요도 없지."

하지만 칭찬만 해서는 안 된다. 우현은 눈을 가늘게 뜨고 민아를 바라보았다. 민아는 찔끔하여 턱을 당겼다.

"스위치를 쓰는 것은 어느 한쪽을 극대화시키기 위해서야. 속도를 올린다면 당연히 공격이 가벼워져. 너는 스텝에 너무 집중하고 있어. 그럴 거면 차라리 스위치를 쓰지 말고 밸런스를 균등하게 주는 편이 나아. 발이 빠르면 도망치기만 쉬울 뿐이야."

"…네에…."

민아가 반발없이 머리를 끄덕거렸다. 우현의 시선이 시헌에게 향했다.

"너도 똑같아. 손 봐봐. 피투성이잖아. 그렇게 막무가내로 무기 휘두르다가는 몸이 못 버텨. 도중에 손에 힘 풀려서 무기 놓치면 어쩔 건데? 무기 다시 주우러 갈 거야?"

"···아니요···."

시헌이 시무룩한 얼굴로 대답했다. 우현은 크게 한숨을 쉬면서 말을 이었다.

"투기는 사용하기 나름이라고 했잖아. 탱커는 뭐 단단해서 몬스터 공격 버티는 것 같아? 단단하게 만들었으니까 버티는 거지. 일단 지혈부터 해. 괜히 곪지말고."

우현은 그렇게 말하고선 베드로사의 시체로 다가갔다. 처음 베드로사를 잡았을 때에는 마석이 나왔지만, 이번에는 어떨까. 뭐 상관없다. 나오던 나오지 않던, 없으면 만들면 되는 것이니까.

베드로스의 가슴을 열고서 놈의 심장 위치에 있는 핵을 블랙 코브라로 뜯어 열었다. 마석은 들어 있지 않았다. 우현의 피를 한 방울 떨어트리니 아무 것도 없는 핵의 중앙에서 새빨간 붉은 돌이 생겨났다. 골렘은 피를 가지고 있지 않지만, 놈들이 품은 핵에는 그 돌로 만들어진 몸뚱이를 움직이게 하는 힘이 깃들어 있다. 그것이 우현의 피와 얽혀서 마석으로 바뀐 것이다.

우현은 마석을 사등분 하여 선하와 시헌, 민아에게 주었다. 그리고 나머지 하나는 자신이 흡수했다. 네임드 몬스터에게서 얻는 마석은 사등분하여 나눈다. 마석에 대한 처리는 그렇게 하지만, 우현은 아낌없이 주는 나무가 될 생각은 없었다. 데루가 마키나에 대비하고 파티를 빠르게 성장시키기 위해 마석을 제공하고는 있지만, 일단 강해져야 하는 것은 우현 본인이다.

그렇기에 우현은 일반 몬스터에게서 뽑아내는 마석은 자신이 독점하고 있었다. 나머지 세 명 역시 그것에 대해서는 아무런 말도 하지 않았다. 네임드 몬스터에게서 꾸준히 마석을 얻을 수 있다는 것 자체로도 그들로서는 큰 메리트였기 때문이다. 일반 몬스터에게서 마석을 독점하고, 파티의 성장이 더욱 필요하다면 우현의 임의로 결정하여 마석을 추가로 제공하고 있다.

'상당히 불었군.'

우현은 몸에 담은 투기의 양을 가늠해 보면서 생각했다. 이 정도면 B급 수준은 여유롭게 넘을 것이다. A급 정도는 될까? 아직 멀었군. 헌터가 된 지 두달도 되지 않았다는 것을 보면 경악스러운 성장속도지만 아직 갈 길은 멀다. 기억하고 있는 데루가 마키나의 강함은 그 정도로 끔찍하다.

"최근 열린 던전이 몇 번이었지?"

"60번이에요."

민아가 대답했다. 59번 던전이 공략된 것이 엊그제의 일이었다. 던전 공략의 주역은 미국의 럭키 카운터와 한국의 화랑. 화랑은 나래와 더불어 한국 제일이라 평해지는 길드다. 뉴스에서 듣자 하니 럭키 카운터의 길드 마스터가 화랑에게 직접적으로 도움을 청했고, 화랑이 그를 받아들여 59번 던전의 보스 몬스터인 루그라스를 레이드하는 것에 성공했다고 했다.

바로 어제, 화랑의 길드 마스터가 럭키 카운터와의 연합 체제도 계속해서 이어가는 것으로 공식적인 입장을 발표했다. 그 일로 인하여 화랑은 나래를 제치고 명실상부한 한국 제일의 길드로 발돋움했다. 새로 열린 60번 던전도 럭키 카운터와 화랑의 정예 길들원들이 중심이 되어 돌파하고 있다는 모양이다.

우현은 선하를 힐끗 보았다. 럭키 카운터의 일 때문인지 선하는 엊그제부터 영 표정이 좋지 않았다. 뭐라고 위로라도 해 주고 싶었지만, 솔직히 말해서 뭐라고 위로를 해야 할지 잘 알 수가 없었다. 결국 침묵이다.

"앞으로 이주일이야."

우현은 시헌을 힐끗 보았다. 그 시선에 시헌은 머리를 끄덕거리며 베드로사의 사체를 자신의 아공간에 집어넣었다.

"이주일 뒤, 정확히 말해서 10월 3일. 우리는 27번 던전으로 가서 네임드 몬스터인 카로비스를 잡는다. 27번 던전은 이 던전과 던전 넘버가 9개나 차이가 나. 당연히 일반 몬스터도 이 던전에서 출현하는 몬스터보다 강하고, 카로비스도 베드로사와 비교도 할 수 없을 정도로 강할거야."

우현은 시헌과 민아의 얼굴을 빤히 보았다.

"그때까지 부족한 점을 최대한 보완한다고 생각해. 실전 위주로 갈 거야. 당장 내일부터 25번 던전으로 들어간다. 일정은 하드코어하게 잡을 거야. 못 하겠다고 생각해도 해야 돼. 최대 이박 삼일 잡고서 던전 하나 돌파하고, 하루 쉬고. 25번 던전 끝내면 26번으로. 26번 끝내면 27번으로. 27번 던전 도착하면 일단 입구 게이트부터 보스룸까지 돌파한 뒤에 다시 입구 게이트로 들어가고."

우현은 잠시 말을 멈췄다. 우현의 말을 듣던 셋이 침을 꿀꺽 삼켰다.

"카로비스 잡으러 간다."

우현이 말했다.

"카로비스 잡으면 너랑 나는 등급을 올릴 수 있어."

선하가 우현을 힐끗 보았다.

"아마, 못해도 C급까지는 올릴 수 있을 거야. 그 후 11월 10일에 있는 분기별 등급 심사에서 다시 등급 시험 치루고… 심사 결과는 지금으로서는 모르지만, 만약 승급이 성공한다면 못해도 B급은 될 수 있어."

"길드 등록은 언제 할 거야?"

우현이 물었다. 그 물음에 선하는 잠시 생각하다가 머리를 흔들었다.

"당장은 안 하는 것이 좋을 것 같아. 길드원 수준이 너무 낮거든. 시헌과 민아도 못해도 C급은 되어야 한다고 생각해."

"그렇다면 빨리 해 봐야 12월이겠군. 알았어. 길드 마스터는 어차피 네 자리니까, 길드 등록 건은 너한테 맡길게."

애당초 선하와 계약한 기간은 반 년이다. 하지만 우현이 마석을 만들어낼 수 있다는 것을 모두가 알게 되었으니, 이제 와서 선하와의 관계를 끊을 수는 없다.

"오늘 둘 다 수고했어."

그래도 생각했던 것보다는 잘 해주었다. 도움 없이 베드로사를 잡았다는 것 만으로도 칭찬해 주어야 마땅하다. 우현은 씩 웃으며 시헌과 민아를 바라보았다.

"오늘은 이만 들어가서 쉬고… 시간이 늦었으니까. 나머지 이야기는 내일 하도록 하자."

어차피 살고 있는 곳도 같은 집이지만.

◎

"너희 진짜 미친 듯이 잡는 구나."

강만석이 머리를 흔들며 말했다. 최근 이주일 동안 우현의 파티는 25, 26, 27번 던전을 돌파하며 몇 백 마리가 넘는 몬스터를 잡았다. F급 둘에 H급이 둘인 파티라고는 믿을 수 없는 속도다. 던전 세 개를 공략하는 것에 걸린 시간이 이주일. 아무리 마석을 먹었다고는 해도 이 정도로 빠르게 성장한 헌터는 전례가 없었다.

"하다 보니 그렇게 됐습니다."

우현은 대수롭지 않다는 듯이 답했다. 그 대답에 강만석은 혀를 내두르면서 우현이 가지고 온 사체들을 확인했다. 수가 너무 많아서 일일이 세는 것이 어려울 지경이다. 강만석은 머리를 벅벅 긁었다.

"이 정도면 블랙 스미스에서도 등급 올려 주겠네."

강만석은 서류를 힐끗 내려 보면서 중얼거렸다.

"예?"

우현이 되묻는 말에 강만석은 눈을 끔벅거리며 우현을 바라보았다.

"몰랐냐? 블랙 스미스 같은 헌터 백화점은 협회랑 제휴 맺고 있어. 협회 쪽에서는 업체 쪽에 사체 유통하고, 업체는 받아먹은 사체 무기나 장비로 가공해서 헌터한테 팔아먹고. 당연히 협회 쪽에 물건 팔면 블랙 스미스의 회원 등급도 오르지. 너 회원등급 몇이냐?"

"F입니다."

"이 정도로 팔았으면 C급 까지는 될 거야. 나중에 시간 나면 블랙 스미스나 들러서 등급이나 갱신해. 뭐, 네

장비 보니까 장비 따로 사지는 않아도 될 것… 같기는
한데."

강만석은 우현의 장비를 훑어보며 턱을 어루만졌다.

"그래도, 좋은 장비라도 오래 쓰면 못 쓰게 되는 거야.
그건 당연한 거라고."

강만석이 지적했다. 그의 말이 맞았다. 아무리 보스
몬스터의 사체로 만든 장비라고 해도 내구도가 무한한
것은 아니다. 칼은 많이 휘두르면 날이 빠지고, 날이 빠
진 것을 다시 갈아도 또 날이 빠진다. 갑옷 역시 마찬가
지다.

"점검은 꾸준히 하고 있습니다."

블랙 스미스에는 장비의 보수를 전문으로 해주는 업
체도 있다. 하지만 우현은 할 수 있는 정도의 보수 작
업은 직접 하고 있었다. 그 편이 싸니까. 돈은 충분히
벌고 있었지만 쓸데없는 지출을 하는 성격은 아니다.

"그래 보이네. 칼도 뭐, 빠진 곳 없어 보이고."

강만석은 그렇게 중얼거리며 우현에게 서류를 넘겼다.

"그래도 블랙 스미스 한 번 가 봐. 등급 갱신하면, 씨
발. 년 회비가 존나 오르기는 하지만… 그래도 그만큼의
값어치는 하거든."

강만석에게서 서류를 받으며 우현은 머리를 끄덕거렸
다.

"정확히 뭔 혜택이 있는 겁니까?"

"어디보자… 블랙 스미스 등급 C급 부터는… 소속 장인에게 직접 무기 제작을 의뢰할 수 있지. 그 전 등급까지는 3층까지의 보급 장비와 중고 장비만 구입할 수 있는데, C급 부터는 4층 이후로 갈 수 있어. 4층부터는 장인들이 직접 만든 장비들이 구비되어 있고."

보급 장비와 장인 제작 장비는 퀄리티부터 큰 차이를 갖는다. 그야 대량 생산을 목적으로 양산한 것과 긴 시간을 들여 만든 장비니까, 당연한 것이다. 뿐만 아니라 사용되는 소재도 다르다. 양산품이 일반 몬스터의 사체로 만드는 것이라면 장인 제작은 기본이 네임드 몬스터의 사체다.

"그리고 경매에도 참가할 수 있어."

"경매?"

우현이 머리를 갸웃거렸다.

"마석이나 희귀한 몬스터의 사체… 장비. 뭐 그런 것 하는 거지. 그나저나 내가 너한테 왜 이걸 다 설명해줘야 돼? 가서 직접 물어봐, 새끼야."

강만석이 눈을 부라리면서 투덜거렸다. 우현은 피식 웃고서는 서류의 내용을 확인했다. 27번 던전을 돌파하면서 총 벌어들인 수익은 3억 4천만원이었다. 여기서 우현의 몫은 1억 200만원. 근 이주일 동안 벌어들인 수익을 모두 합하면 5억은 될 것이다.

'주목받을만 하군.'

이 등급에서 이주일만에 오억이라는 수익을 올릴 수 있는 헌터는 없을 테니까. 원래 F등급이나 H등급은 10번대의 던전에서 활동한다.

"그래서, 앞으로는 어쩔거냐?"

"이 이상 던전 넘버를 올리는 것은 무리인 것 같아서… 일단은 27번 던전 쪽에서 계속 활동할 생각입니다."

강만석의 물음에 우현은 씩 웃으면서 대답했다. 앞으로 삼일 후면 27번 던전의 네임드 몬스터인 카로비스가 출현한다.

"그래? 흠, 너희 수준으로 보면… 아니다. 역시 30번부터는 너무 위험해."

강만석은 턱을 어루만지면서 중얼거렸다. 아무리 장비가 좋다고는 해도 아직 경력이 두 달도 안 됐는데… 강만석은 쩝 입맛을 다셨다. 내가 헌터 되고서 두 달 지났을 때는 뭐하고 있었더라? 간신히 20번 던전에 턱을 걸쳤던 것 같은데.

"…맞아."

강만석의 표정이 조금 굳었다. 그는 한숨을 내쉬면서 우현을 바라보았다.

"…거… 뭐냐. 그 고스트 새끼들. 아직 못 잡았다."

"압니다. 잡았으면 말을 해 줬겠지요."

우현은 머리를 끄덕거리면서 대답했다. 강만석은 길게 숨을 내쉬면서 머리를 벅벅 긁었다. 우현은 강만석이 나름대로 자신들을 신경써주고 있다는 것을 느끼고 있었다.

"…뭐, 이제와서 뭘 어쩌겠습니까. 애당초 잡을 수 있을 것이라고 생각하지도 않았고… 시헌이도 팔이 잘린 것에 나름대로 적응했으니 다행인 일이지요."

"…뭐, 그렇게 말한다면 내가 뭐라 하겠느냐만."

강만석은 그렇게 중얼거리면서 쿵하고 입맛을 다셨다. 우현은 강만석에게 머리를 살짝 숙이고서 천막을 나왔다. 그는 꽉 쥐고 있던 주먹을 쥐었다 피면서 쓰게 웃었다.

'이미 죽었는데, 어떻게 잡아?'

그는 그렇게 생각하면서 협회로 들어가 정산을 마쳤다. 판데모니엄을 나왔다. 우현은 한숨을 쉬면서 갑옷을 벗었다. 새로 살게 된 방은 이제는 제법 익숙해졌다. 벗은 갑옷을 아공간에 집어넣었다. 2층의 복도는 조용했고, 욕실에는 아무도 없었다. 다른 사람들은 미리 판데모니엄 밖을 나가게 했고, 우현 혼자서 남아 협회에 들렀던 탓이다.

샤워를 마치고 옷을 갈아입었다. 1층의 욕실과 화장실은 여자들만, 그리고 2층은 남자들만. 그것은 이 저택에 입주하고 나서 세워진 엄격한 규칙이었다. 지난번에 거실에서 TV를 보던 시헌이 아무 생각없이 화장실로 들어갔던 적이 있는데, 화장실에 누군가가 있었다는 불상사가 일어난 것도 아닌데도 민아가 시헌의 머리를 쥐어 뜯어버렸다. 우현은 그런 꼴을 겪는 것은 사양이라 최대한 규칙을 지키고 있었다.

"오빠?"

소파에 앉아서 콘솔을 잡고 있던 민아가 우현을 보면서 방긋 웃었다. 젖은 머리를 수건으로 털던 우현은 소파 쪽을 보았다. 시헌과 민아가 앉아 콘솔 게임을 하고 있었고, 그 옆쪽 소파에는 선하가 앉아 있었다. 태블릿 PC를 조작하던 선하는 우현을 올려 보았다.

"왔어?"

선하가 물었다. 우현은 머리를 끄덕거리며 젖은 수건을 목에 걸쳤다. 우현은 TV쪽을 힐끗 보았다. 게임기는 시헌이 얼마 전에 산 것이다. 솔직히 우현으로서는 팔이 하나인데 도대체 어떻게 게임을 하겠다는 것인지 이해할 수가 없었지만, 시헌은 어떻게든 될 것이라면서 굳이 게임기를 구입했다.

"에이씨, 손 하나만 더 있었어도."

시헌이 투덜거렸다. 한 손으로 어떻게든 콘솔을 조작하여 격투게임을 하려 했지만, 되는 일이 있고 안 되는 일이 있는 법이다. 실제로 몸을 움직이는 전투는 투기를 써서 부족한 팔을 대체할 수 있지만, 게임을 하는 것에 투기는 쓸 곳이 없다. 민아는 깔깔 웃으면서 시헌의 어깨를 툭 쳤다.

"야, 너 하는 것 보니까 양 팔 다 있어도 나한테 안 될걸."

"그걸 누나가 어떻게 알아요?"

시헌은 투덜거리면서 콘솔을 내려놓았다. 그는 뚱한 얼굴로 팔이 잘린 곳을 손으로 어루만졌다.

"다른 건 다 익숙해졌는데, 이게 안 되네."

시헌은 그렇게 중얼거리면서 한숨을 푹 내쉬었다. 그런 시헌의 모습에 우현은 내심 안타까움을 느꼈다.

"…정산은 끝냈어?"

"아, 응. 인당 7900만원 정도. 입금도 다 됐을 거야."

"크으… 이틀 동안 던전 돌아서 거의 8000만원이라니. 이거 고기라도 먹어야 하는 것 아니에요?"

시헌이 히히덕거리며 물었다.

"먹은 지 얼마나 됐다고."

민아는 투덜거리면서 콘솔을 내려놓았다. 그녀는 눈을 빛내며 우현 쪽을 보았다.

"카로비스가 나타나는 것이 3일 후죠?"

"응. 내일 하루 쉬고, 모레부터 던전 들어갈 거야."

우현이 말했다. 최근 이주일 동안 휴식시간을 최소한
으로 줄이면서 던전을 돌파했다. 민아와 시헌이 실전에
익숙해지게 하기 위해서였고, 파티의 손발을 맞춰보기
위해서였다.

'큰 문제는 없을 것 같은데.'

우현은 턱을 어루만지면서 생각했다. 선하와 우현은
몇 번 손을 맞춰보았고, 시헌과 민아 역시 서로 손을 맞
춰 본 경험이 있다. 하지만 넷이서 사냥하는 것은 기초
등급 심사 이후로 처음이었다. 막상 하기 전에는 조금
걱정이 되었는데, 걱정은 기우였다.

파티의 밸런스는 우현의 입장에서 보기에는 별 문제
가 없었다. 우현이 메인 탱커, 민아가 서브 탱커. 그리고
시헌과 선하가 딜러. 던전에서 싸우는 내내 우현은 시헌
과 민아를 마크하며 둘의 실수를 지적하고 보완해 주었
다. 덕분에 시헌과 민아는 H등급이라고 여길 수 없을 정
도의 노련미를 갖추게 되었다.

"카로비스 사냥 영상은?"

우현은 선하를 힐끗 보았다. 판데모니엄에서 헤어지
기 전에 미리 부탁을 해두었다. 우현의 말에 선하는 머
리를 끄덕거리며 태블릿 PC를 탁자 위에 올려 놓았다.

"구했어. 6인 파티 영상이야."

"4인 파티는 없는 거야?"

"없어. 영상 제공은 일본의 길드인데, 사냥 영상은 총 80분이야."

"6명이서 80분이라…."

우현은 낮게 신음을 흘렸다.

"등급은?"

우현의 물음에 선하는 태블릿 PC를 조작하며 대답했다.

"길드명은 하나비. 길드 마스터의 등급은 A급… 이 영상을 제공했을 때의 등급은 B야. 나머지 길드원들은 B급이 마스터 포함해서 2, 나머지는 전부 C급이네."

B급 둘에 C급 넷. 그렇게 여섯 명이서 80분이 걸렸다… 우현은 작게 혀를 찼다. 일단 영상을 봐야 제대로 알 수 있겠지만, B급 둘에 C급 넷으로 80분이나 걸릴 정도면 카로비스는 상당한 난이도를 가지고 있을 것이다.

'내가 A급까지는 된다치고.'

이주 동안 마석을 상당히 흡수했으니까. 그리고 선하에게도 마석을 주었다. 선하도 B급까지는 될 것이다. 하지만 시헌이와 민아는? 아슬아슬하게 C급 정도일까. 아니, 그것은 어디까지나 투기의 양이다. 실제 경험과 임기응변 능력을 본다면 그보다 못할지도 모른다. 그리고 그것은 선하도 마찬가지다. 엄밀히 말하자면 선하의 경험치 역시 시헌이나 민아와 큰 차이는 없을테니.

"보자."

우현의 말에 선하가 영상을 재생했다. 시헌과 민아도 머리를 빼꼼 내밀어 영상에 집중했다. 우현은 눈도 깜박거리지 않고 영상이 흐르는 것을 보았다. 선하가 말하기를, 카로비스는 머리가 둘 달린 호랑이라고 했다. 그 말이 맞았다. 크기는 바바론가보다 조금 작다. 버스보다 조금 큰 정도일까.

'목이 길어.'

전체적인 형태는 호랑이와 비슷하다. 몸에 줄무늬가 있고, 허리가 길고. 하지만 허리가 긴 것처럼 놈의 목은 길었다. 우현은 자연스럽게 신화속에 등장하는 괴물인 케르베로스를 떠올렸다.

'목만 낮춰서 앞발까지는 내려오는 군. 비튼다면 어깨의 조금 뒤까지….'

포지션에 대해 생각해 본다면… 둘은 역시 뒷다리 쪽으로 두는 편이 낫다. 하지만 고양이과 짐승은 날렵하고 도약능력이 뛰어나다. 게다가 꼬리도 길어. 꼬리가 움직이는 것을 보니 공격수단으로도 쓸 수 있을 터.

'빨라. 발톱도 길고… 앞 발에 얻어 맞는다면 죽을 거야. 물어뜯는 것도 위협적이군.'

하나비의 포지션은 탱커 둘이 각각 머리를 상대하고, 양 옆에 둘을 배치하고 있었다. 개별적으로 생각하는 머리를 집중해서 마크하는 것이다. 우현은 말 한 마디 하지 않고 영상이 흐르는 것을 보았다. 80분이 지났다.

"…좀 빡세겠네."

우현은 그렇게 중얼거리면서 쥐고 있던 손을 폈다. 그는 땀에 젖은 손을 힐끗 보다가 민아를 바라보았다.

"너랑 나 동시에 탱킹을 해야 해. 로테이션을 돌릴 수도 없어. 내가 머리 하나 잡아도, 네가 실수해서 놓치면 어그로가 튈 거야."

"…네."

민아는 긴장한 얼굴로 머리를 끄덕거렸다. 그녀는 어깨가 무거워지는 것을 느꼈다. 탱커는 파티의 목숨을 직접적으로 책임지는 포지션이다. 우현은 긴장한 얼굴로 앉은 민아의 어깨를 가볍게 두드렸다.

"그렇다고 너무 긴장하진 말고."

우현은 그렇게 말하면서 웃어 보였다. 우현의 웃는 얼굴에 민아는 조금 뻣뻣한 얼굴로 마주 웃었다.

"안 자고 뭐해?"

뒤에서 들리는 목소리에 민아는 흠칫 놀라 머리를 돌렸다. 하지만 뒤에는 아무도 없었다.

"위야, 위."

아주 조금, 웃음이 섞인 목소리에 민∨
시선을 들었다. 2층의 창문에서 몸을 내밀∨
는 우현의 모습이 보였다.

"…방에서 담배 피면 선하 언니가 혼낼 거에요."

"선하한테 허락은 맡았어. 환기만 잘 시키면 상관없 ⌐
던데."

우현은 웃으며 말을 받았다. 그렇게 말을 하니 이쪽이
대답이 궁색해진다. 민아는 쩝 입맛을 다시면서 쥐고 있
던 검과 방패를 내려 놓았다. 우현은 땀에 젖은 민아의
모습을 내려 보면서 연기를 위로 뿜었다.

"푹 쉬라고 했잖아."

"말 안 들었다고 화 낼 거에요?"

민아가 배시시 웃으며 물었다. 우현은 이마에 찰싹 달
라 붙은 민아의 젖은 머리를 보면서 눈을 깜박이다가,
피식 웃으며 머리를 흔들었다.

"그 정도로 빡빡한 사람은 아니야."

우현은 그렇게 중얼거리면서 담배를 재떨이에 지져
껐다. 민아의 미간이 찡그려졌다. 우현이 담배를 하나
더 물었기 때문이다.

"오빠 요즘 담배 엄청 많이 피우는 것 알아요?"

"나도 알아. 담배 값도 꽤 나가고 있으니까."

우현은 심드렁한 목소리로 대답했다. 하루에 한 갑 정도인가. 안 좋은 버릇이 들어 버렸다. 하지만 굳이 끊을 필요를 느끼는 못했다. 원래 담배를 피우기도 했고, 하나 물고 연기가 타는 것을 보고 있노라면 마음이 차분해지는 것 같았기 때문이다.

"그러다가 폐암걸려요."

"헌터의 몸은 어지간하면 병 같은 것 잘 안 걸려. 걸리더라도 아주 나중에 걸리겠지."

우현은 심드렁하니 대답했다. 종말이 예정되어 있는데 폐암이 뭔 대수란 말인가. 우현의 대답에 민아는 머리를 절레절레 흔들었다.

"꼭 우리 아빠 같아."

민아는 그렇게 투덜거리면서 우현을 올려 보았다.

"오빠는 가끔, 나이보다 엄청 늙어 보여요. 나랑 두 살밖에 차이 안 나는데."

"너 뱃속에 있을 때 난 걷고 있었어. 그 정도면 꽤 차이 많은 거지."

"또 이상한 말 한다."

민아는 투덜거리면서 달라붙은 앞머리를 손으로 떼어냈다.

"언제부터 봤어요?"

민아가 물었다. 우현은 담배에 불을 붙이다가 민아를

힐끗 내려 보았다.

"네가 넘어지려고 할 때 쯤."

그 말에 민아의 표정이 구겨졌다. 스위치를 연습하던 중에 밸런스를 잡지 못해 비틀거렸을 때를 말하는 것인가.

"부끄럽게."

민아는 투덜거리면서 땅에 털썩 주저앉았다. 우현은 땀에 젖어 달라붙은 민아의 나시를 보면서 한숨을 쉬었다.

"그러다 감기 걸린다."

"헌터 몸은 어지간하면 병 안 걸린다면서요?"

"어지간한 것도 어지간한 것 나름이지."

"아, 몰라. 다리 아파서 움직이기도 싫은걸. 연습해도 뭐 나아지는 것 같지도 않고."

민아는 입술을 삐죽거리며 투덜거렸다. 우현은 뺨을 긁적거리며 민아를 내려 보았다. 카로비스의 레이드를 앞두고서 민아는 크게 긴장해 있었다. 자신이 실수한다면 파티에 위험이 생긴다는 것에 무게를 느끼고 있는 것이다. 그를 알았기에, 우현은 민아에게 아무런 말도 하지 않았다. 격려라도 해 주어야 할까? 우현은 머리를 갸웃거렸다.

"…오빠."

민아가 입을 열었다. 그녀는 머리를 푹 숙이고 있다가 시선을 들어 우현을 올려 보았다. 방금 전까지 장난스레 웃고 있던 얼굴이지만, 지금 민아의 얼굴에는 웃음기가 없었다. 그녀는 미묘하게 굳은 얼굴로 우현을 보면서 입을 열었다.

"뭐 하나 물어봐도 되요?"

"개인적인 문제만 아니면."

우현이 답했다. 개인적인 문제. 민아는 그것을 가만히 중얼거렸다. 지금 자신이 묻고 싶은 것은 개인적인 문제일까? 민아는 머리를 갸웃거려 보았지만, 답을 낼 수 없었다.

"큰 소리 내고 싶지 않으니까 오빠도 내려와요."

민아가 투덜거렸다. 그 말에 우현은 피식 웃더니 창틀에 발을 올렸다.

"뛰려고요?"

민아가 눈을 깜박거리며 물었다.

"계단 내려가는 것보다 빠르잖아."

우현은 그렇게 말하면서 창문 밖으로 뛰어내렸다. 고작해야 2층 높이라 뛰는 것에 무리는 없었다. 민아는 무릎을 툭툭 터는 우현을 보면서 머리를 절레절레 흔들었다.

"갑자기 터프하게 나오시네. 저 겁주는 거에요?"

"내가 너를 겁줘서 뭐해?"

"오빠가 싫어할 얘기를 할 거니까."

민아의 얼굴에서 웃음이 사라졌다. 우현은 민아의 얼굴을 빤히 들여 보았다. 싫은 얘기. 무슨 이야기를 할지 대충 짐작이 갔다. 그날, 시헌의 팔이 잘린 날. 우현은 병원에서 민아를 만났다. 민아는 우현이 미칠 듯이 분노하는 것을 보았다.

"사냥하러 간다고 했었죠?"

민아가 물었다. 역시 그건가. 우현은 입맛을 다시면서 담배를 지져 껐다. 담배를 하나 더 물었다. 민아는 우현이 담배에 불을 붙이는 것을 말없이 바라보았다. 잠깐의 침묵이 흘렀다. 우현은 매케한 연기를 입 안에서 굴리며 민아의 얼굴을 바라보았다. 이런 표정도 지을 줄 아는구나. 새삼 그런 생각이 들었다. 근 이주일 같이 살면서 유민아라는 여자에 대해서는 제법 알게 되었다고 생각했는데. 장난이 많고, 재미없는 농담을 자주 하고. 평소의 행동은 조금 굼뜬 것처럼 보이지만 정작 몬스터와 사냥할 때는 독해져서… 노력을 많이 하고. 아무리 힘들어도 앓는 소리를 하지 않고.

저런 표정은 처음 본다.

"…했어요?"

민아가 물었다. 우현은 무어라 대답할 지에 대해 잠깐

고민했다. 솔직히 말해야 할까? 시헌의 팔을 자르고, 너를 위험하게 한 놈들은 모조리 다 내 손으로 죽여 버렸노라고. 그렇게 말하면 어떻게 될까. 이주일 동안 저택에서 함께 사는 생활은 제법 즐거웠다. 민아의 재미없는 농담도, 시헌의 바보 같은 짓도. 선하의 이유모를 투정도.

"안 했어."

거짓말을 했다. 우현은 지금의 생활에 만족하고 있었다. 그것을 부수고 싶지 않았다. 갖다 붙일 핑계는 넘치도록 있었다. 팀워크를 해치고 싶지 않아서? 그것도 훌륭한 핑계가 될 것이다. 파티의 오더가 사람을 죽이는 살인자라면 파티의 분위기가 좋을 리가 없으니까.

"거짓말."

하지만 기껏 뱉은 거짓말은 곧바로 간파당했다. 민아는 조그마한 목소리로 중얼거렸고, 우현은 대답하지 않았다. 입 안에 쓰레기를 처 넣은 것 같은 기분이 되었다. 담배의 연기가 새삼 역하게 느껴졌다. 우현은 한숨을 쉬면서 머리를 흔들었다. 담배를 걸친 손가락이 화끈거렸다.

"…그러니까… 그 일은…."

대체 뭐라고 말을 해야 하지. 최근 들어서 운이 나빠. 계속해서 난감한 일만 마주하게 되는 군. 그다지 하고 싶지 않은 말들을 해야 하잖아. 거짓말에 소질이 있었다면 좋았을 텐데.

"…그다지 아름다운 일은 아니잖아. 그렇지?"

끔찍한 일이지. 우현은 어색하게 미소를 지었다. 민아의 시선이 우현에게 향했다. 서로의 시선이 얽혔다. 민아는 당장이라도 울음을 터트릴 것 같은 얼굴을 하고 있었다. 가끔, 그녀는 악몽을 꾸었다. 그날, 16번 던전에서의 일이었다. 꿈속에서 시헌의 팔은 잘려 있었고, 쥐새끼의 울음이 울리는 그 시커먼 던전 속에서 민아는 무릎을 꿇고 앉아 있었다. 꿈은 언제나 똑같았고, 꿈 속의 민아는 언제나 똑같았다. 그녀는 아무런 위해를 겪지 않았지만, 깜박이지도 못하는 눈동자가 향한 곳에 시헌의 팔이 나뒹굴었다.

차라리 내 팔이 잘렸더라면, 그러면 조금 덜했을까. 민아는 입술을 잘근 씹었다. 태연한 척 넘기고 있지만 그 날의 기억은 그녀의 정신 한 가운데 틀어박혀 곪아 썩어갔다. 아무 상처도 남지 않은 자신의 몸이 죄처럼 느껴졌다. 그리고, 그 날. 병원에서 악귀처럼 얼굴을 일그러트리던 우현도. 사냥하러 간다고 내뱉던 그 모습도.

"…미안해요."

민아가 작은 목소리로 중얼거렸다.

"네가 미안해 할 것이 뭐 있어?"

우현은 참지 못하고 내뱉었다. 민아가 가진 죄책감과 우현이 가진 죄책감은 다르다. 내가 멍청하지 않았더라면 민아도, 시헌도 이런 일을 겪지 않았겠지. 그것은 우현의 발목을 잡는 족쇄였다. 우현은 얼굴을 손으로 감싸며 한숨을 쉬었다. 손가락 사이에 걸친 담배는 필터까지 타들어가 뜨거웠다.

"…아무 일도 없었다고 생각해. 그 일은 이미 끝났어. 앞으로는 괜찮아. 그런 일은 일어나지 않아."

우현은 빠른 목소리로 내뱉었다. 그는 담배를 지져 껐다. 꽁초가 두 개. 우현은 그것을 손으로 움켜잡았다. 정원에 꽁초를 버렸다가는 선하가 화를 낼 테니까.

"…네가 괴로워 할 필요는 없어."

우현은 표정을 가다듬고 민아를 향해 말했다. 민아는 머리를 푹 숙이고서 대답하지 않았다. 우현은 입술을 잘근 씹었다.

"시헌이한테는 내색하지 마."

그는 그렇게 말하며 몸을 일으켰다.

"…괜한 생각도 하지 말고. 지금은, 모레… 아니. 내일 있을 카로비스의 레이드만 생각해. 잡념은 몸을 무디게 만들어. 알지?"

"…잘 모르겠어요."

민아가 중얼거렸다. 몸이 으슬거리며 떨렸다. 감기라

도 걸리면 어떡하지. 그런 걱정이 들었다. 그러면 안 되
는데… 민아는 양 손으로 자신의 어깨를 감싸 안았다.
땀이 식어서 추웠다.

"…영상, 같이 봤잖아요. …내가 잘 할 수 있을지 모르
겠어요. 탱커는 파티의 목숨을 책임지고 있는 포지션이
라고 오빠가 그랬었죠? 내가 실수한다면…."

"하기도 전에 실수를 생각하지 마."

우현이 내뱉었다.

"실수는 누구나 해. 긴장해서, 혹은 잘 몰라서. …처음
이면 당연한 거야. 실수에 대비하는 것은 좋아. 하지만
하기도 전에 쫄아서 떨지 말라는 거야. 위축되면 일어나
지도 않을 실수가 일어나니까."

우현의 말에 민아가 입술을 잘근 씹었다. 늦은 밤까지
자지 않고 밖에 있는 이유가 그 때문이었다. 무서워서.
탱커의 역할을 제대로 수행하지 못해서 어그로가 튀어
버린다면….

"무슨 생각하는지 알아."

우현이 말했다.

"탱커는 파티의 목숨을 책임지는 포지션이야. 그래,
그 말이 맞지. 그렇다면 딜러는? 딜러는 뭐 병신이야?
탱커가 어그로 튀게 하면 딜러는 아무 대책 없이 몬스터
한테 맞아서 죽는 줄 알아?"

말이 조금 거칠게 나왔다. 우현의 욕설에 민아의 어깨가 흠칫 떨렸다.

"그딴 마인드 가진 새끼는 쓰레기야. 무기 휘두르는 것 못하는 새끼가 어디 있어? 상황 변하는 것 캐치 못하고 말뚝처럼 그 자리에 박혀서 무기만 휘두르는 새끼는 병신이라고. 우리 파티에 그런 병신은 없어."

우현은 눈에 힘을 주고 민아를 노려보았다. 민아는 멍한 눈으로 우현을 바라보았다.

"그러니 쓸데없는 걱정하지 마. 너 혼자 탱킹하는 것도 아니잖아. 네가 실수하면 내가 커버할 수 있어. 내가 커버 못하더라도 시헌이도, 선하도 알아서 대처할 수 있을 거고. 그러니까… 너는."

우현은 손을 뻗어 민아의 어깨를 잡았다. 민아의 몸은 가늘게 떨리고 있었다. 우현은 한숨을 쉬며 말했다.

"들어가서 뜨거운 물로 씻고, 이불 덮고 자."

풋. 우현의 말에 민아는 자신도 모르게 웃어버렸다.

"뜬금없이 몸 걱정해주기는."

그녀는 그렇게 중얼거리면서 계속해서 웃었다.

"뜬금없기는. 아까부터 걱정했구만."

우현은 괜히 민망해져서 민아의 어깨를 놓았다.

"알았어요, 오빠. 괜한 생각 안 할게요."

민아는 그렇게 말하고서는 몸을 일으켰다.

"오빠도 담배 적당히 피우고 자요. 담배 냄새 나니까, 꼭 양치하고."

"…내 입에서 냄새 나?"

우현은 괜히 자신의 입을 손으로 가리면서 물었다. 그 말에 민아는 장난스레 웃더니 우현을 향해 얼굴을 쓱 들이밀었다.

"잘 모르겠는데. 입 벌려 볼래요?"

슬며시 묻는 물음에 우현은 기겁하며 머리를 뒤로 뺐다.

"양치하고 잘게."

"깨끗이 닦아요. 입에서 담배 냄새 나는 남자는 별로니깐."

민아는 그렇게 말하면서 엉덩이를 팡팡 털었다. 그녀는 기지개를 쭉 펴더니 우현을 향해 생긋 웃었다.

"잘 자요, 오빠."

민아는 그렇게 말하며 문을 열고 안으로 들어갔다. 홀로 남은 우현은 눈을 깜박거리다가, 입을 손으로 감싸고 입김을 불어 보았다.

"…담배냄새."

코끝을 감도는 매캐한 냄새에 우현은 미간을 찡그리며 투덜거렸다.

◎

27번 던전. 알파고스의 정원. 이미 한 번 돌파를 끝낸 던전이다. 등장하는 몬스터에 대해서도 이미 다 숙지했고, 상대해 보았다. 어려움은 없다. 일반 몬스터만이 상대라면 그럴 것이다. 민아는 좀처럼 가슴을 진정시키지 못했다. 심호흡을 했고, 손을 쥐었다 폈고, 침을 꿀꺽 삼켰고, 한숨을 쉬고….

"누나, 괜찮아요?"

곁에 있던 시헌이 민아를 보며 물었다.

"응?"

민아가 화들짝 놀라 시헌을 바라보았다. 시헌은 창백하게 질린 민아의 얼굴을 보면서 안색을 굳혔다.

"얼굴 되게 안 좋은데. 괜찮은 것 맞아요?"

되묻는 질문에 민아는 꿀꺽 침을 삼켰다. 그녀는 잠시 머뭇거리다가 어떻게든 입꼬리를 올려 웃음을 만들었다.

"그럼, 당연하지. 아주 멀쩡해. 이상한 곳 하나도 없어."

민아는 더듬거리며 대답했다. 시헌은 불안을 가득 담은 얼굴로 민아를 바라보았다. 27번 던전에 들어온 것은 어제였다. 입구 게이트에서 세이브 포인트까지 가고, 그

후에 집으로 돌아가 잠을 잔 뒤에 오늘 세이브 포인트를 통해 다시 던전으로 돌아왔다. 케로비스가 출현 포인트에는 이미 도착했다. 앞으로 10분 뒤에 케로비스가 출현할 것이다.

"…누나. 정말로…."

"괜찮다고 했잖아."

민아는 크게 숨을 들이키면서 시헌의 말을 끊었다. 민아의 단호한 목소리에 시헌은 움찔하고 입을 다물었다. 민아는 끼고 있던 건틀렛을 벗었다. 땀에 축축히 젖은 손이 가늘게 떨리고 있었다. 그를 내려 보던 민아는 다시 크게 숨을 마셨고, 뱉었다. 꽉 쥔 주먹이 축축해서 기분이 나빴다.

"…문제없어."

민아는 작은 목소리로 중얼거렸다. 시헌에게 하는 말이었고, 자신에게 하는 말이기도 했다. 문제없어. 민아는 다시 중얼거렸다. 아무 일도 일어나지 않을 거야. 실수도 하지 않을 거야. 민아는 입술을 다물고 그렇게 생각했다. 땀에 젖은 손을 벅벅 문지르고, 쥐었다 피고.

우현이 손수건을 내밀었다.

민아는 화들짝 놀라 머리를 들었다. 우현은 우두커니 서서 민아를 내려 보고 있었다. 민아는 침을 꿀꺽 삼키고서 우현이 건넨 손수건을 받았다.

"남자가 손수건이라니."

민아가 장난치듯 중얼거렸다. 그 말에 우현은 피식 웃었다.

"이런 일을 대비해서."

"…고마워요."

민아는 살짝 머리를 끄덕거리며 말했다. 그녀는 우현에게서 받은 손수건으로 손을 벅벅 문질렀다.

"…빨아서 줄게요."

민아가 중얼거렸다. 우현은 머리를 흔들었다.

"됐어. 너 가져."

"내 땀 묻어서 싫다는 거예요?"

민아가 우현을 향해 눈을 흘겼다. 그 말에 우현은 머리를 흔들었다.

"그럴 리가. 너 주려고 산거니까 가지라는 거야."

우현의 말에 민아가 입술을 헤 벌렸다.

"…이거, 선물이에요?"

"너한테 주는 거니까 선물이겠지."

"…여자한테 선물로 손수건이라니. 이건 점수 높게 줘야 하는 건가?"

민아는 작은 목소리로 투덜거렸다. 민아의 말에 우현은 어깨를 으쓱거렸다.

"농담하는 것 보니까 긴장 풀렸나보네."

그 말에 민아는 화들짝 놀라더니 자신의 손을 내려 보았다. 손의 떨림은 멈춰있었다.

"…일단은요."

"그러면 다행이고. 내가 했던 말 기억하지?"

"새벽에 단 둘이서 했던 말이요?"

민아가 키득거렸다. 그 말에 시헌의 입이 쩍 벌어졌다. 반대편에 앉아서 물을 마시고 있던 선하가 대뜸 기침을 토했다.

"케헥!"

그녀답지 않은 긁힌 소리에 다들 놀란 얼굴로 선하를 바라보았다. 사레가 걸려 콜록거리며 기침을 하던 선하는 입술을 손으로 감추더니 화들짝 놀라 머리를 들었다.

"…왜, 왜 그래?"

선하가 더듬거리며 물었다. 그 물음에 우현은 눈을 깜박거리다가 머리를 흔들었다.

"아니, 아무 것도 아니야."

우현은 그렇게 말하면서 머리를 벅벅 긁었다. 민아는 장난기 가득한 미소를 짓고 있었고 시헌이 묘하다는 듯이 그런 민아와 우현을 힐끗거렸다.

"…누, 누나랑 형 무슨 일 있었어요?"

"안 알려줄 거야."

"새벽에 민아가 정원에서 뻘짓하고 있길래, 뻘짓하지 말라고 했던 것뿐이야."

민아가 입술을 삐죽거렸다.

"뻘짓이라니. 내가 얼마나 마음고생이 심했는데."

투덜거리는 말을 무시하면서 우현은 굽히고 있던 몸을 일으켰다. 시간을 확인했다. 곧 있으면 카로비스가 출현한다. 컨디션은 좋다. 27번 던전에 들어온 것은 어제였지만, 세이브 포인트까지 진행한 덕분에 던전 내에서 야영하는 일은 없었다. 잠도, 식사도. 뭐 하나 부족한 것은 없다.

우현은 그랬다.

"다들 몸 상태는 어때?"

아침에 거실에 모였을 때도 물어 보았다. 던전에 들어오고 나서도 물어 보았고, 본격적으로 몸을 풀기 위해 몬스터를 몇 마리 잡고 나서도 물어보았다. 휴식에 들어가기 전에도, 우현은 똑같은 것을 물었다.

"문제없어요."

돌아오는 대답은 몇 번이나 던진 질문처럼 똑같았다.

시헌은 잘린 왼 팔을 손으로 어루만졌다. 괜찮아. 잘린 팔에서 통증은 없다. 오히려 통증이 너무 없어서, 처음부터 팔이 없는 체로 태어난 것이 아닐까 생각 될 정도다. 그것이 다행이라고 생각했다. 팔을 어루만지면서,

시선을 내렸다. 펄션은 시헌의 다리 위에 올려져 있었다. 묵직한 무게. 휘두를 때마다 몸이 날아갈 것 같은 무게. 엄지손가락으로 손바닥을 쓸어보면 단단히 박혀있는 굳은살이 만져진다. 조금 안심이 되었다.

새벽에? 단 둘이? 뻘짓? 선하는 사레가 들었던 목을 어루만지면서 작은 혼란을 느꼈다. 대체 무슨 일이 있었다는 거야? 새벽에 정원에서? 밖에서? 대체 뭘 한 거야? 아니, 그런 것은 둘째 치고. 왜 내가 혼란을 느끼는 거지? 선하는 입술을 잘근 씹었다. 쓸데없는 생각은 버려. 레이드를 앞두고서 이딴 생각해서 득 될 것은 하나도 없으니까. 선하는 쿠모고로시를 잡았다. 아버지가 끝내 사용하지 못했던 검. 그래서 선택했고, 그 선택에 후회를 느낀 적은 없었다. 이 잘 빠진 태도는 언제나 선하가 원하는대로 움직였고, 오늘도 그럴 것이다. 마음이 가라앉았다.

시간이 흐르고

민아는 시계를 보았다. 앞으로 몇 분이지? 2분? 그 정도 남았나. 손이 다시 떨리기 시작했다. 가슴이 두근거렸고, 솔직히 말해서 도망치고 싶었다. 어깨가 무거워. 민아는 어깨에 손을 올렸다. 아무 것도 없는데, 무언가가 짓누르는 기분이야. 실수하면 어떡하지? 실수하면… 실수하면. 손이 땀으로 축축하게 젖었다. 손수건으로 닦

은지 얼마 되지도 않았는데.

"준비해."

차갑게 식은 목소리가 민아의 정신을 깨웠다. 민아는 흠칫 놀라 머리를 들었다. 민아의 시선과 우현의 시선이 닿았다. 싸늘하게 식은 우현의 눈에 민아는 꿀꺽 침을 삼켰다.

"손."

우현이 말했다. 그 말에 민아는 급히 자신의 손을 내려 보았다. 땀으로 젖은 손을.

"손수건 줬잖아."

격려의 말도, 질책도 없었다. 그저 평소와 똑같은 대화였다. 민아는 자신도 모르게 웃어버렸다. 그녀는 손수건으로 손바닥을 적신 땀을 다시 닦았다. 떨림이 멎었다. 평소처럼 하자. 몇 번이고 했던 생각을 하면서, 민아는 건틀렛을 착용했다. 손바닥을 쥐었다 펴면서 감각을 확인하고, 검을 쥐었다. 방패를 확인했다. 문제는 없다. 민아는 몸을 일으켰다.

시간이 되었다. 우현은 몸을 돌렸다. 휴식에 들어가기 전에 이 주변을 확인했다. 운이 좋았다. 카로비스의 출현 장소는 정석 루트에서 조금 벗어난 곳이라, 이 근처에서 사냥하는 파티는 없었다. 전투가 벌어진다면 소리를 듣고 다른 파티가 올 지도 모르겠지만… 당장은 괜찮다. 경쟁할 필요는 없다.

파직거리는 소리가 났다. 우현은 발을 앞으로 뻗었다. 청명한 하늘에 거미줄같은 균열이 새겨지고 있었다. 바바론가의 등장 때와 똑같았다. 우현은 발을 앞으로 뻗었다. 균열이 커져간다. 우현의 발이 빨라졌다. 균열이 갈라진다. 우현이 검을 들었다.

균열이 박살났다.

커다란 울부짖음이 땅을 뒤흔들었다. 뛰쳐나온 카로비스는 두 개의 머리를 위로 치켜들고 성난 포효를 내질렀다. 공기가 저릿하게 떨릴 정도로 큰 소리였다. 우현은 귀가 욱신거리는 것을 느끼며 미간을 찡그렸다.

"등장은 화려하네."

포지션은? 이미 정했다. 메인 탱커 하나, 서브 탱커 하나, 딜러 둘. 탱커는 각각 머리 하나를 맡고 딜러는 좌우로 펼쳐져 놈의 양 옆을 맡는다. 공격에 대한 대책은 이미 일러 두었다. 각자 영상을 열 번 이상 돌려 보면서 카로비스의 공격을 머릿속에 쑤셔 박았다. 머리와 몸이 제대로 움직인다면 익힌 정보대로 움직일 수 있으리라.

우현은 카로비스를 보았다. 민아 역시, 카로비스를 보았다. 노랗게 빛나는 짐승의 눈이 우현과 민아를 보았다.

"긴장 풀어."

우현이 말했다. 전신에 오싹 소름이 돋는다. 호랑이의
울음은 근육을 경직시킨다고 했던가. 민아는 호흡이 가
빠지는 것을 느꼈다. 괜찮아, 괜찮아. 후들거리는 다리
를 붙잡고 전진.

아니, 그보다 카로비스 쪽이 더 빠르다.

콰앙!

네 발을 박차 도약한 놈이 공중으로 솟구쳤다.

"퍼져!"

우현이 외쳤다. 민아는 흠칫 놀라 방패를 들었다. 아
니, 이게 아니야. 가드는 안 돼. 민아는 급히 생각을 바
꾸고 발을 움직였다. 발놀림은 자신 있으니까. 스텝, 스
텝. 몸을 가볍게 해서… 생각해, 생각해. 아니, 생각하지
마. 움직여.

쾅앙!

카로비스의 앞발이 땅으로 떨어졌다. 운석이 떨어진
것처럼 땅이 뒤흔들렸다. 저만한 덩치, 저만한 중량이
공중에서 떨어진 것이다. 충격이 없을 리가 없지. 하지
만 피했다. 민아도, 우현도. 우현은 선하와 시헌이 달리
는 것을 보면서 파브니르를 움켜 잡았다. 발을 뒤로 빼.
놈의 시선을 마주 봐. 피하지 마. 겁먹지 마.

크아앙!

카로비스가 입을 벌려 울부짖었다. 두 개의 머리가 각

자 다른 외침을 토해냈다.

새끼가, 시끄럽게. 쩍 벌린 아가리가 우현을 물어 뜯으러 달려왔다. 커다란 이빨이 보였다. 물린다면 뜯겨지는 것이 아니라 박살날 것이다. 파브니르의 검신이 시뻘겋게 달아 올랐다.

쩌엉!

휘둘러 친 검이 카로비스의 머리를 후려쳤다. 방어벽에 가로막히고, 놈의 전진이 막힌다. 우현은 양 팔이 저릿해지는 것을 느끼며 발을 뒤로 끌었다.

"봤지?"

우현이 소곤거렸다. 카로비스의 눈이 부릅 뜨여졌다. 민아는? 아니, 신경쓰지 마. 당장은 내 코가 석자니까. 손목을 틀고, 팔을 당기고. 검의 방향을 바꾸어서 다시,

스위치.

쩌어엉!

커다란 소리가 났다. 손아귀에 느껴지는 감촉은 몽둥이로 금속을 후려친 것 같았다. 놈은 날렵하다. 도약하고, 옆으로 뛰고. 앞발을 후려치고. 바바론가보다 상대가 까다로워. 발을 끌었다. 앞발이 날아오는 곳은 정면. 내 거리를 유지할 수는 없다. 우현의 검이 닿는 거리라면 카로비스의 앞발도 닿는다. 그렇다면?

안으로 파고든다. 양 팔을 몸 뒤로 뺐다. 검을 최대한 안쪽으로 쥐었다. 몸을 낮추고, 스위치, 스위치… 호흡으로 조절해. 빠르게, 느리게… 짧게, 길게. 우현이 그러하듯, 민아 역시 호흡을 조절했다. 완벽하게 스위치를 사용할 수는 없다. 하지만 완벽하지는 않아도 어느 정도는 사용할 수 있다. 밸런스를 반전시킬 수 없다면 밸런스를 유지한다. 살짝 비틀어 자신의 색을 입힌다. 민아는 우현이 아니다. 우현처럼은 할 수 없다.

민아는 방패를 위로 들었다. 그녀의 몸이 빠르게 쏘아졌다. 우현은 과감하게 파고드는 민아를 놀란 눈으로 바라보았다. 위험, 아니야.

꽈앙!

민아가 휘둘러 친 방패가 카로비스의 가슴을 때렸다. 과감하게 머리 사이로 파고든 민아는 입술을 잘근 씹고 있었다. 겁먹지 마. 자기 자신에게 중얼거리며 방패를 다시 휘둘렀다. 방어벽이 단단해. 손에 쥔 검을 빙글 돌렸다. 아래에서 위로, 대각선으로… 가슴을 파고 들고. 놈이 울부짖는 소리가 바로 귀 옆에서 들려서 귀가 아파.

크앙, 하는 소리.

냐옹, 하는 소리로.

"안 무서워."

민아는 미간을 찡그리며 내뱉었다.

고양이라고 생각하기로 했다.

조금, 덩치가 큰 고양이.

방패를 휘둘렀다.

쩌엉!

단단한 방어벽은 방패 몇 번 휘둘렀다고 해서 뚫릴 리가 없었다. 알고 있다. 현존하는 헌터들 중에서 가장 강하다는 SSS급의 헌터가 온다고 해도, 27번 던전 네임드 몬스터의 방어벽을 일격에 부술 수는 없을 것이다. 적어도 다섯 번은 두드려야겠지. 그보다 훨씬 실력이 떨어지는 민아가 쉽사리 방어벽을 부수는 것은 당연히 불가능하다.

알고 있는 일이었기에, 실망은 없었다. 나는 탱커야. 민아는 스스로에게 암시를 걸 듯이 중얼거렸다. 딜러가 아닌 탱커. 방어벽을 부수는 것은 딜러의 몫이야. 내가 해야 할 일은, 이… 커다란 고양이의 시선을 끄는 일이지. 민아는 발을 뒤로 끌었다.

콰직!

내리찍은 카로비스의 앞발이 땅을 박살냈다. 민아는 휘청거리는 다리에 힘을 주면서 균형을 잡았다. 공격은 아직 끝나지 않았어. 앞발을 내리찍는 순간, 민아는 카로비스의 입이 벌어지는 것을 보았다. 턱이 살짝 뒤로 밀려나는 것을 보았고 물어뜯으려는 이빨이 가깝다. 역한 냄새. 짐승의 냄새. 하지만, 담배 냄새보다는 나아. 몸을 뒤로 젖히고, 발을 조금 더 뒤로. 한 걸음, 두 걸음, 세 걸음.

콰악!

카로비스의 이빨이 허공을 물어 뜯었다. 확하고 다가오는 짐승의 숨결에 코를 씰룩거리면서

방패를 휘둘러 놈의 콧잔등을 갈겼다.

"카아악!"

방어벽이 통증은 막았겠지만 방패가 눈 앞으로 날아오는 것에 놈은 조금 놀란 모양이었다. 민아는 카로비스의 눈이 가늘어지는 것을 보았다. 마치, 빛을 마주한 고양이의 눈처럼.

"…야옹아."

민아는 검을 꽉 잡으며 소곤거렸다. 덩치가 크고, 냄새나기는 하지만… 호랑이는 고양이 과잖아. 귀여운 맛은 전혀 없지만.

"야옹, 해 봐."

야옹하고 울어 봐.

몸의 떨림을 잡는다. 스멀거리며 밀려오는 공포를 무시한다. 괜찮아, 괜찮아. 몇 번이고 입 안에서 중얼거린 그 말은 이미 하나의 주문이 되어 있었다. 아니, 주문이라기 보다는 진통제다. 민아는 스스로를 다독이며 공포

를 내리 눌렀다. 아래로 내린 검을 위로 높이 휘둘렀다. 호흡에 제동을 걸었다. 습, 하. 스위치가 바뀐다.

공격의 무게가 달라진다.

콰앙!

손아귀에서 통증이 느껴졌다. 손목이 저릿해. 하지만 검을 놓칠 수는 없다. 호흡을 조절해. 체력을 안배해. 아직 시간이 얼마 흐르지 않았어. 십분? 체감상은 그런데,

고작해야 3분 정도 흘렀을 뿐이야. 꽈악 이를 악 물었다. 잇몸이 아려.

콰직!

그리고 한 번 더. 휘두른 검이 카로비스의 뺨을 두들긴다. 흉측한 짐승의 얼굴이 일그러진다. 화나? 민아는 자신의 얼굴보다 큰 놈의 눈동자를 보면서 그렇게 소곤거렸다. 한 입 거리가 눈 앞에서 알짱대니 짜증나지? 나도 그래, 모기나 파리가 눈앞에서 얼쩡거리면 스팀이 확 오르거든. 특히 잠 잘 때 말이야. 귓가에서 앵앵거리는 소리가 나면 엄청 짜증나. 카로비스의 발이 위로 올라갔다. 거리가 가까워. 이건 뒤로 빼기에는 조금 늦어. 그러면 어떻게 하지? 몸을 날릴까? 아니, 이어서 공격이 날아올 거야. 그렇다면…

거리를 강제로 벌린다.

"오빠!"

민아가 고함을 질렀다. 삑액하는 외침이었다. 우현의 시선이 민아를 향했다. 민아는 땅을 박차며 몸을 날리면서, 동시에 방패를 위로 치켜들었다.

쾅앙!

카로비스가 휘두른 앞발이 민아의 방패를 때렸다. 민아의 몸이 부웅 날아 땅을 굴렀다.

"나이스."

곧바로 몸을 일으키는 민아를 보면서 우현은 감탄했다. 도약하고, 방패로 막고. 동시에 투기를 방어로 돌리고… 카로비스의 공격을 이용해 강제로 거리를 벌렸다. 가르치면서 느꼈지만, 민아는 센스가 좋다. 긴장만 하지 않는다면 탁월한 임기응변 능력을 충분히 활용할 수 있다. 하지만 거리를 너무 벌렸어. 이건 끝나면 야단을 쳐야겠는 걸. 우현은 그렇게 생각하며 양 손으로 검을 잡았다. 거리를 너무 벌리게 된 것은 네가 너무 접근했던 탓이야.

그래도, 몸을 빼기 전에 외쳐서 나를 부른 것은 잘 했어. 공백을 메워달라는 거지? 우현은 빠르게 앞으로 뛰어 나갔다. 적당한 거리를 유지하고 있었지만 탱커 하나가 뒤로 빠졌으니 우현이 그 공백을 메워야만 한다. 잠깐이면 돼. 민아가 몸을 추스르고, 다시 돌아오는 그 순간. 고작해야 몇 초.

몇 초 안 되는 짧은 시간에도 변수는 얼마든지 일어날 수 있다. 그것을 막는다. 스위치를 올렸다. 몸이 후욱하고 달아오르는 것이 느껴졌다. 머리 사이. 그곳에서 발을 멈추고, 허리를 비틀어서

야구 방망이를 휘두르는 것처럼.

콰앙!

오른쪽 머리가 우현의 검에 얻어맞아 뒤로 튀어 올랐다. 검을 놓치지 않는다. 다시 스위치를 올려. 시헌과 민아는 스위치의 고속전환을 해내지 못 했지만, 우현은 다르다. 몇 번이고 할 수 있다. 하는 법도, 노하우도. 그 모든 것은 머릿속에 박혀 있다. 몸 안에 그것을 다시 때려 박았다. 허리를 비틀어. 온 몸을 돌려. 오른쪽에서 왼쪽으로. 전신을 돌려 검을 휘두른다. 우현은 팽이가 되었다.

콰앙!

왼쪽 머리가 튀어 오른다. 제동은 걸지 마. 다리를 움직여. 중심축이 흔들리면 팽이는 돌지 않아. 쾅, 쾅. 그렇게 두 번 더 때리고,

"왔어요!"

민아가 달려 들어왔다. 우현이 막 공격을 끝낸 타이밍이었다. 우현은 숨을 들이 키며 허리를 옆으로 틀었다. 발을 옆으로, 민아의 발은 앞으로. 서로가 다시 포지션을 잡는다. 호흡을 맞춰. 시선을 나누었다. 민아가 머리

를 끄덕거렸다. 얻어맞은 팔이 조금 아프기는 했지만 괜찮다. 충격은 최대한 줄였고 몸은 최대한 단단하게 만들었다. 부러지지는 않았어. 금방 나아질 거야. 민아는 그렇게 생각하며 방패를 올렸다. 우현과 민아의 검이 위로 올라갔다. 빠르게 눈을 굴리는 카로비스를 향해 검을 휘둘렀다.

카각!

선하는 발을 옆으로 끌었다. 양 손으로 나눠 잡은 쿠모고로시가 저릿한 떨림을 주었다. 선하는 호흡을 고르며 우현과 민아 쪽을 힐끗 보았다. 내심 걱정하기는 했는데, 민아는 생각 이상으로 잘 해주고 있었다. 아까 카로비스에게 공격 당했을 때에는 큰일 날 줄 알았는데. 아무래도 걱정이 기우였던 모양이다.

'탱커진이 단단히 버텨주고 있어. 그러니까…'

딜러는 딜러의 몫을 해야 한다. 오래 끌어서는 안 돼. 최대한 빨리.

카가각!

내리 그은 검이 위로 오른다. 그녀는 손에 쥐고 있던 칼자루를 빙글 돌렸다. 쿠고로시는 외날의 태도다. 칼등으로는 베어낼 수 없다. 그러니, 날이 있는 쪽으로.

다시 내리 긋는다. 내리 그으면서 발은 뒤로 뺀다. 거리를 벌리면서, 방어벽 위에 떨어지는 칼날을 보이지 않는 막 위에서 미끄러트린다. 그렇게 베어낸다. 쿠모고로시는 얇은 검이다. 너무 강하게 휘두르다가는 검신이 버티지 못할 것이다. 보스 몬스터의 사체를 써서 만든 검이니 내구도는 훌륭하지만… 베어내지도 못할 것을 무식하게 내리 찍을 수는 없지.

카가각!

방어벽 위를 미끄러져 내려오며 긁는 소리가 몸을 오싹하게 만들었다. 뒤로 내민 발을 옆으로, 조금 더 거리를 벌려. 그렇게 횡으로 다시 휘두른다. 방어벽을 긁는다. 사포로 긁어 마모시키는 것처럼.

그리고 속도는 점점 오른다. 휘두르는 반동을 다시 되돌려. 스위치에 대해서는 신하도 들었다. 그녀 역시 시헌과 민아처럼 완벽하게 사용하는 것은 무리였지만… 그래도 그 둘보다는 훨씬 그럴 듯하게 스위치를 재현할 수 있었다. 선하는 정신이 붕 떠오르는 것을 느꼈다. 자신이 뱉는 호흡의 속도를 느꼈고, 심장이 뛰는 속도를 느꼈다. 그렇게 그녀는 더, 더 빨라진다. 검은 칼날이 춤을 추었다. 발을 아주 조금씩, 조금씩 옆으로 옮기고, 뒤로 끌고

꽈앙!

도끼처럼 내리 찍었다. 시헌은 손아귀가 욱신거리는 것을 느꼈다.

"안 되지."

입술을 벌려 중얼거렸다. 아직 얼마 흐르지도 않았어. 예상한 레이드 시간은 100분. 이제 고작해야 10분 정도 지났을 것이다. 1/10밖에 흐르지 않았어. 아니, 긍정적으로 생각하자. 1/10이나 흐른거야. 시헌은 손목에 힘을 주었다.

펄션은 무겁다. 무겁고, 두껍다. 외날인 것은 선하의 쿠모고로시와 똑같지만 길이도, 두께도, 무게도 다르다. 쿠모고로시가 '베어내는 검'이라면 펄션은 '내리찍는 검'이다. 검이라기 보다는 한 손으로 쓰는 도끼라 하는 것이 옳을 것이다.

옆으로 휘두르지 않는다. 펄션은 단순하다. 위로 올리고, 내리 찍는다. 위로 올리고, 내리 찍는다. 그것을 반복할 뿐이다. 기교는 필요 없다. 필요한 것은 펄션의 무게를 버티는 손목의 강인함과, 휘두르는 어깨와,

검자루를 놓지 않는 손의 악력. 굳은살이 펄션의 자루를 단단히 붙잡았다. 금연해야겠어. 가빠지는 호흡 속에서 생각했다.

콰직!

펄션을 내리 찍는다. 생선의 목을 내리 찍는 것과 같다. 장작을 쪼개는 것과 같다. 생각하는 것은,

부서져라.

"부서져라."

생각과 동시에 입술 밖으로 말이 튀어나온다. 시헌은
까득 이를 갈며 목에 핏대를 세웠다. 한 팔을 잃고 헌터
생활을 접으려 했다. 좌절했고, 그것이 당연했다. 팔 하
나 없는 헌터는 쓸모가 없다 여겼다. 그런 시헌에게 우
현이 손을 뻗었다. 우현은 시헌에게 마석을 주었고, 그
에게 한 손으로 쓸 수 있을 무기를 추천해 주었다.

형을 원망하지는 않아.

시헌은 입술을 씹었다. 후회하지 않는다. 그때, 해리
를 만났을 때. 해리가 묻는 말에 좇까라고 대답한 것은
후회하지 않는다. 팔이 하나 잘렸어도, 후회하고 싶지
않다. 내가 선택한 일이니까. 찌질한 생각은 집어 치워.
시헌은 숨을 토해냈다. 손아귀는 더 이상 아프지 않았
다. 우현이 전한 충고는 모조리 머릿속에 우겨 넣었다.
다른 것은 몰라도 지적 받은 것을 또 실수하고 싶지는
않았으니까.

손바닥은 단단해. 검을 놓치지 않아. 피도 흐르지 않
아. 그러니까, 다시 내리 찍는다.

콰직!

방어벽이 쪼개지는 소리가 들렸다. 아니, 착각이야.
아직 멀었어. 10분밖에 흐르지 않았으니까… 앞으로 못
해도 50분은 검을 내리 찍어야 해.

카아악!

카로비스가 포효를 터트렸다. 놈은 정신없이 발을 움직이며 우현과 민아에게 벗어나려 했다. 하지만 놓치지 않는다. 저 조그마한 인간들은 카로비스가 조금이라도 거리를 벌릴라 치면 귀신같이 알아차리고 앞으로 달려들었다. 양 옆에서 들어오는 공격이 거슬려서 걷어 낼라 치면 또 놓치지 않고 검을 휘둘러 시선을 빼앗는다. 꼬리를 휘둘러 걷어내고, 뒷 발을 크게 물리려 하면 양 옆에서 공격이 멈춘다.

다시, 입을 크게 벌려 울음을 터트린다. 몸이 움찔 멎은 것도 잠시다. 그 짧은 틈에 카로비스가 어떤 대책을 강구할 틈도 없이 놈들은 공격을 밀어 붙인다. 통증도 없는 공격이지만 멈추지 않고 공격이 들어온다. 카로비스의 눈이 가늘어졌다. 시선에서 흘러나오는 흉폭함에 우현의 표정이 바뀌었다.

"거리 벌려!"

우현이 고함을 질렀다. 카로비스의 앞 발이 땅을 할퀴었다. 두 다리 역시 마찬가지다. 놈의 몸이 크게 회전했다. 묵직한 꼬리가 철퇴처럼 주변을 휩쓸었다. 우현은 놀라 굳은 민아를 향해 달려들었다.

"어?"

민아가 얼떨떨한 소리를 냈다. 이 패턴은 몰라. 갑작

스러운 상황이 민아의 사고를 굳게 만들었다. 민아의 입술이 벌어진 것과 우현이 검을 놓은 것. 양 팔을 벌려 민아의 허리를 끌어 안는 것. 민아의 몸이 엎어지는 것.

콰직하는 소리가 들린 것.

"크아앙!"

꼬리를 휘둘러 주변의 날파리를 떨쳐낸 카로비스가 기쁜 울음을 터트렸다. 몸을 날려 간신히 공격 궤적에서 벗어난 선하는 입술에 들어온 흙을 뱉으며 미간을 찡그렸다. 시헌 역시 마찬가지였다. 둘은 운이 좋은 편이었다. 선하는 한 번 몰아붙이고 어그로를 조절하기 위해 뒤로 빠지던 중이었고, 시헌은 회전의 반경에서 가장 멀리 위치해 있었다.

"…씨…발…!"

둘과는 다르게, 우현은 운이 나빴다. 민아는 하얗게 질린 얼굴로 자신의 몸을 덮은 우현을 바라보았다. 우현의 팔은 박살나 축 처져 있었다. 왼 팔이다. 민아를 감싸다가 꼬리에 스친 것이다. 뼈가 부러졌어. 우현은 입술을 으득 씹었다. 씹힌 입술에서 피가 흘렀다.

"오, 오… 오빠?"

"뭐해…!"

우현은 끓는 목소리로 외쳤다. 실수다. 이 패턴은 영상에서 보지 못했다. 그래도 대책은 세웠어야 했는데…!

우현은 부러진 팔에서 올라오는 통증을 삼키면서 다리에 힘을 주었다. 괜찮아. 부러지기는 했지만 붙을 것이다. 헌터의 치유력은 강하니까.

하지만 당장은 무리야. 우현은 붉게 충혈된 눈으로 카로비스를 돌아보았다. 주저앉은 민아는 몸을 덜덜 떨면서 우현을 바라보았다. 나 때문이야. 새하얗게 질린 머리로 그런 생각을 했다. 실수하지 않으려 했는데, 실수를 해 버렸다.

"일어나…!"

우현이 고함을 질렀다.

"일어나서, 포지션 잡아…!"

멍해진 머릿속으로 우현의 목소리가 들렸다. 민아는 덜덜 떨던 손을 들었다.

자신의 뺨을 후려쳤다.

"…네."

민아는 곧바로 몸을 일으켰다.

나 때문이야.

몸이 바들거리며 떨렸다. 스스로 후려친 뺨이 욱신거리고 화끈거렸다. 불로 갖다가 지지는 것 같았다. 오히려 그랬으면 좋을 텐데. 민아는 입술을 꾹 다물고 빠르게 움직였다. 카로비스의 공격을 살피면서도, 우현 쪽에 계속 시선을 주었다.

팔 하나가 부러졌다. 왼 팔. 카로비스의 방어벽이 상당히 남은 이 시점에서 팔이 부러졌다는 것은 치명적이다. 게다가 우현의 무기는 양 손으로 쓰는 대검이다. 딜러가 아닌 것을 다행이라 여겨야 할까? 아니, 탱커여서 더 치명적이야. 민아는 아랫입술을 잘근 씹었다. 스멀거리며 올라오는 나 때문이라는 자책을 당장은 억누른다. 지금 그런 생각에 잠겨 있다가는 또다시 실수할 것이다.

아파.

왼팔에서 욱신거리는 격통이 끊임없이 올라왔다. 등이 축축하게 젖고 앞머리가 이마에 달라붙었다. 식은땀에 오한이 들었다. 부러진 팔은 뜨겁다. 상체를 비틀었다.

쐐액!

카로비스가 휘두른 발톱이 우현의 가슴을 아슬하게 스치며 움직였다. 상체의 움직임에 부러진 팔이 덜렁거렸다. 끊어진 뼈가 드득거리며 부딪히고 근육과 혈관이 꼬이는 기분이었다. 부목이라도 대어야… 하지만 몸을 뺄 시간이 없다.

이대로 방치한다면 나을 것도 낫지 않을 텐데.

콰직!

카로비스의 발톱이 땅을 내리 찍었다. 비틀거리며 물러난 우현은 입술을 더욱 강하게 씹었다. 턱을 타고 피가 흘렀다. 그런 우현을 선하는 불안한 얼굴로 힐끗 보았다.

"뒤로···."

"계속해."

더듬거리며 하는 선하의 말을 끊었다. 우현은 싸늘하게 식은 눈으로 자신의 팔을 내려 보았다. 파브니르는 대검이지만, 한 손으로 휘두르는 것이 불가능하지는 않다. 밸런스를 바꾼다면 그 정도의 힘은 충분히 낼 수 있다. 문제는 팔을 하나밖에 쓸 수 있다는 것이 아니라, 부러진 팔을 어떻게 처리하느냐. 격하게 몸을 움직인다면 덜렁거리는 팔이 거슬린다.

잘라버릴까.

그런 극단적인 생각을 씹어 눌렀다. 미친 짓다. 고작 이런 네임드 몬스터를 상대로 팔을 자르다니. 상대가 데루가 마키나였다면 그렇게라도 해서 잡아야겠지만, 카로비스 쯤은 얼마든지 포기할 수 있다. 당장은 아니야. 우현은 거리를 벌렸다.

"형, 괜찮아요?!"

시헌이 큰 소리로 물었다.

꽈앙!

내리 찍은 펄션이 카로비스의 방어벽을 찍었다. 카로비스가 크릉거리는 소리를 냈다.

"오빠."

민아가 우현을 불렀다. 민아는 식은 땀에 젖은 우현의

얼굴을 보면서 침을 꿀꺽 삼켰다. 우현의 시선이 민아에게 향했다.

"미안하다는 말은 나중…."

우현이 끝까지 말하는 것을 기다리지 않고, 민아는 머리를 흔들었다.

"뒤로 빠져요."

"…뭐?"

터엉!

카로비스의 콧등을 방패로 후려치면서 민아가 거리를 벌렸다.

"뒤로 빠지라구요."

그녀는 꾹 눌린 목소리로 내뱉었다. 민아는 우현을 보지 않았다. 대신, 그녀의 발이 옆으로 움직였다. 두 머리를 사이에 두고 서서 민아는 크게 호흡을 내뱉었다.

"…5분 정도는…."

민아가 중얼거렸다.

"5분 정도는 혼자서 할 수 있을 것 같으니까…."

우현의 얼굴이 굳었다. 두 개의 머리 사이에서 혼자 버티겠다고. 민아는 지금 그렇게 말하고 있는 것이다. 우현은 입술을 벌렸다. 무어라 말을 하려 했으나, 그는 목소리를 삼켰다.

"부탁해."

가능과 불가능의 여부를 따지기 전에 우현은 발을 뒤로 끌었다. 그는 빠르게 뒤로 물러나면서 민아의 등을 보았다. 지금 자신이 탱킹을 맡아 보았자 도움은 안 된다. 시간이 흐를수록 팔의 통증은 심해질 것이고, 아무리 무시하려고 해도 통증은 실수를 만들 것이다.

그렇다면 아직 여유가 있을 때 뒤로 빠진다.

우현이 뒤로 물러나는 것을 확인하고 민아는 두 발을 어깨 넓이로 벌렸다. 방패는 위로, 검은 위로. 그녀는 긴장한 얼굴로 카로비스를 바라보았다. 한 쌍의 눈은 민아를 보았지만 다른 한 쌍의 눈은 물러나는 우현을 보고 있다. 그래서는 안 돼. 카로비스의 몸이 낮춰진다. 앞 발이 굽는다. 놈의 허리가 들리고, 엉덩이가 들리고, 뒷 다리에 힘이 들어가고,

민아는 후려쳤다.

꽈앙!

힘을 주어 휘두른 방패가 우현을 보던 카로비스의 얼굴을 후려 쳤다. 눈동자가 데룩 굴러 민아를 보았다.

"나를 봐."

민아가 소곤거렸다. 한 번으로는 부족해. 짜증나게 해줄게.

까앙!

몸을 휘둘러 그은 검이 카로비스의 얼굴을 재차 가격
했다.

"탱커 하나 빠졌어, 어그로 관리해!"

선하가 내뱉었다. 두 명이던 탱커가 하나가 되었다.
분산된 어그로가 탱커에게 고정되는 동안 딜러는 공격
을 조절해야 한다. 이 상황에서 어그로가 딜러 쪽으로
튀었다가는 상황은 걷잡을 수 없게 된다. 탱커가 노련하
다면 또 모르는 일이지만, 민아의 탱킹 경험은 너무 부
족하다. 그러니 딜러가 손을 맞춰주는 수밖에.

뒤로 물러선 우현은 일단 검을 놓았다. 비상상황을 대
비하기 위한 응급처리 도구들은 아공간에 미리 구비해
놓고 있었다. 설마 실제로, 그것도 자기 자신을 향해 사
용하게 될 것이라고는 생각도 해 본 적이 없었지만. 우
현은 주저앉아서 부러진 팔을 손으로 잡았다. 욱신거리
는 통증이 강하게 밀려왔다. 그는 까득 이를 악 물면서
부러진 위치를 확인했다. 팔꿈치 관절의 아래, 팔뚝 부
분. 부목을 대고, 붕대를 감고. 감은 붕대를 목에 걸쳐서
단단히 고정했다. 어디까지나 응급 처치다.

몸을 움직이는 것에 무리가 없을 정도로. 통증은 참을
수 있다. 이 이상 악화되지만 않으면 된다. 붕대를 감고
서 몸을 움직여 보았다. 허리를, 척추를, 가슴을. 미묘한

움직임 하나하나에 신경을 썼다. 이 정도라면 몸을 움직이는 것에 무리는 없을 것이다. 붕대를 단단히 감았으니 몸을 거칠게 움직여도 팔이 휘둘리지 않을 것이고.

우현이 붕대를 감는 동안 민아는 이를 악물고 호흡을 조절했다. 두 쌍의 눈동자가 민아를 매섭게 쏘아보았다. 고양이야, 고양이. 민아는 그렇게 생각하면서 발을 움직였다. 매섭게 휘두른 발톱이 민아의 몸을 아슬하게 스쳤다.

'이 정도면 괜찮아.'

나 때문에 생긴 실수다. 그렇다면 당연히, 내가 메워야 해. 민아는 헐떡거리는 호흡을 삼켰다. 아직 멀었어. 스스로에게 채찍을 휘둘렀다. 움직임을 최소한으로 줄여. 크게 움직였다가는 오히려 틈이 생겨. 방심하지 마. 탱커는 당장이 아니라 앞으로의 일을 내다 봐야 해. 정신이 아득해지는 것을 느끼며 몸이 움직였다. 그것은 정신의 명령이 아닌 본능적인 움직임이었다.

빠르게 몰아치는 발톱도. 쩍 벌려 물어 뜯는 이빨도. 민아의 몸에 닿지 않았다. 호흡이 턱턱 막혔다. 지쳐서가 아니라, 민아가 그렇게 숨을 쉬었다. 스위치, 스위치. 머릿속에는 그 단어만 떠돌았다. 밸런스는 어떻게 하지? 생각하지 마. 즉발적으로 대처해.

투웅!

밀어붙인 방패가 카로비스의 시야를 가린다. 몸을 낮춰 파고 들어서, 검을 휘두르고 다시 뒤로 빠져 나온다. 발놀림에 신경 써. 민아의 발목이 탄력 있게 튕겼다. 뒷꿈치를 세우고, 앞발로 통통 뛰는 것처럼.

버텼다.

붕대를 감은 우현은 파브니르를 잡았다. 한 손으로 휘둘러야겠군. 밸런스를 재조정해야겠어. 우현은 땅을 박찼다. 몸에 바짝 붙인 왼 팔이 전하는 통증은 아까보다 옅어져 있었다. 다행인 일이다.

"옆으로."

정신없이 카로비스의 공격에 대응하던 민아는 화들짝 놀랐다. 그녀는 우현을 보지 않고 곧바로 발을 옆으로 끌어 카로비스의 왼쪽 머리 앞에 위치했다.

"괜찮아요?"

그녀는 걱정스러운 목소리로 물었다. 우현은 대답 대신에 검을 들었다. 스위치를 올린다. 기어를 바꾼다. 쓸 수 있는 팔은 하나 뿐이지만 상관없다.

어차피 휘두르는 검도 하나니까.

순식간에 공격이 몰아쳤다. 한 손으로 휘두르고 있었지만 우현이 휘두르는 공격은 양 손과 크게 차이가 없을 정도로 묵직했다. 투기의 양은 아직 넘치도록 있다. 마석을 그렇게 많이 처먹었으니 스위치는 얼마든지 사용할 수 있다. 몰아치는 공격에 카로비스가 정신없이 뒤로 밀려났다. 아직 방어벽은 뚫리지 않았지만 카로비스는 본능적인 위기감을 느꼈다. 이대로 계속 두었다가는 곤란하다는 것을 알아차린 것이다.

카로비스의 눈빛이 바뀌고, 놈의 몸이 낮아지고. 우현이 말할 필요도 없었다. 민아는 더 이상 실수하지 않았다. 그녀는 발을 뒤로 끌며 빠르게 뒤로 밀려났다. 선하도, 시헌도.

쐐애액!

크게 몸을 회전하여 휘두른 꼬리는 허무하게 허공만 가른다. 하지만 공격은 끝나지 않았다. 거리를 크게 벌린 순간 카로비스는 발로 땅을 박차더니 뒤로 높이 도약했다.

멀찍이 뒤로 물러선 놈은 허리를 위로 치켜들고 양 발톱으로 땅을 움켜잡았다. 이 패턴은 알고 있다. 목표는 누구지? 카로비스의 눈동자가 민아를 노려 보았다. 이 패턴은 알고 있다. 돌진이다. 아니, 돌진이라기보다는.

도약이다. 뒷발을 걷어차며 몸을 날리는 카로비스는 눈으로 쫓기 힘들 정도로 빠르다. 앞으로 날아들면서 휘두르는 발톱에 얻어맞는다면 몸이 박살날 것이다. 민아는 방어하지 않았다. 대신, 그녀는 몸을 앞으로 날리며 땅에 나뒹굴었다.

콰각!

카로비스의 발톱이 땅을 박살냈다. 놈은 거기서 멈추지 않고 곧바로 자세를 잡더니 재차 도약했다. 이번에 날아오는 곳은 우현 쪽이다. 우현 역시 민아와 똑같이 반응했다. 온 몸을 던져 날리는 공격이다. 막는 것도, 걷어내는 것도 불가능하다. 꼴사납게 땅을 뒹굴며 피하는 것이 최선이다.

"흩어져!"

우현이 고함을 질렀다. 카로비스는 사방으로 뛰어다니며 땅을 발톱으로 박살냈다. 땅이 뒤흔들렸다. 저 정도의 무게가 미친 듯이 뛰어다니니 당연한 일이었다. 우현은 땅을 구르던 몸을 일으켰다. 카로비스가 멈춘 순간이었다. 새끼가, 정신 사납게. 우현은 까득 이를 갈며 검을 들었다.

파브니르의 검신이 피처럼 붉게 달아올랐다. 새빨간 열기가 몰아쳤다. 투기를 계속해서 불어넣었다. 검신에서 발하는 끔찍한 고열에 공기가 일그러졌다. 투기가 몸 안을 달렸다. 중앙에서 다리로, 팔로, 손으로, 손에서 검으로. 밀집된 투기는 눈으로 보일 정도였다. 붉은 검신을 희뿌연 에너지가 감쌌다. 이 정도로 강하게 투기를 불어넣는 것은 이 몸으로 처음이었다.

그리고 그것은 끔찍할 정도의 파괴력을 가진다.

콰아앙!

한 손으로 휘두른 것이라고는 믿을 수 없을 정도로 강력한 일격이 카로비스의 머리에 꽂혔다.

"카아앙!"

놈의 몸이 땅을 나뒹굴었다. 여태까지 딜러들이 퍼부은 공격에 버금가는 강력한 일격이었다. 우현은 썰물처럼 투기가 빠져나가는 것을 느꼈다. 아직 괜찮다. 놈을 진정시키기 위해서는 어쩔 수 없었다. 방어벽이 충격을 차단했다고는 하지만 이 정도의 공격을 직격당했으니 정신을 차릴 수 없을 터. 우현은 땅에 나뒹굴어 허우적거리는 카로비스를 향해 달려들었다. 그것을 멍하니 보던 민아도 급히 우현을 따라 붙었다.

공격이 퍼부어졌다. 카로비스가 몸을 추스르고 일어나기 전이 총공격의 기회였다. 공격은 폭격처럼 쏟아져 카로비스의 몸에 내리 찍혔다. 허우적거리던 놈이 정신을 차리고 미친 듯이 발톱을 휘둘러 공격을 떨쳐냈다. 다시 포지션을 잡는다. 레이드는 지루한 반복이다. 놈이 죽을지, 아니면 우리가 죽을지. 방어벽을 부수는 것. 놈의 공격을 피하는 것. 우리가 공격하는 것. 반복, 반복.

레이드를 뛰는 파티가 필사적인 것처럼, 상대하는 몬

스터는 죽지 않기 위해 필사적이다.

조금만 더.

다리가 후들거리며 떨린다. 전투가 시작된 지 얼마나 지났지? 알 수 없었다. 시계를 볼 여유따위는 없다. 민아는 다리에 힘을 불어넣었다. 나름대로 체력과 투기를 안배했다고 생각했는데, 전투가 너무 오래 지속되니 몸에 무리가 밀려 온다. 하지만 그것을 티낼 수는 없었다. 아직 방어벽은 부서지지 않았다. 몇 번이고 몇 번이고 검을 휘둘렀는데, 카로비스는 아직도 상처 하나 없는 모습으로 미쳐 날뛰고 있었다.

그러니까, 조금만 더. 조금만 더 참아. 여기서 쓰러지면 안 돼. 바짝 마른 입술을 꾹 다문다. 목구멍은 가뭄의 농촌처럼 메말라 있었다. 조금만 쉬면… 안 돼. 힘든 것은 다들 똑같을 거야. 나 혼자 힘들다고 빠질 수는 없어. 이미 민폐는 충분히 끼쳤으니까. 민아는 우현 쪽을 힐끗 보았다. 왼 팔으 붕대로 묶어 몸에 붙인 우현은 붉게 달아오른 파브니르를 쉬지도 않고 휘두르고 있었다.

'생각보다 이쪽의 딜량이 낮아.'

개개인의 문제가 아니다. 인원수의 문제다. 선하는 마석을 흡수하면서 B급에 견줄 수 있을 정도로 강해졌고, 시헌과 민아도 D급은 될 것이다. 우현 역시 A급에 근접

한 힘을 갖게 되었다. 하지만 그래 보아야 4명이다. B급과 A급으로 이루어진 파티 여섯이 카로비스를 잡는 것에 한시간 가까이 걸렸다는 것을 보면, 카로비스는 두껍고 견고한 방어벽을 가졌다는 뜻이다. 방어벽을 부수기에 이쪽은 숫자도, 딜도 부족하다. 시간을 끌면 잡을 수야 있겠지만….

'나머지의 체력과 투기가 부족해.'

움직임 자체는 나무랄 것이 적다만, 전투를 유지한다는 것은 전혀 다른 문제다. 얼마나 남았지? 손아귀에 느껴지는 감각. 뜨거운 열기에 얼굴이 익을 것 같았지만, 감각은 아직 무뎌지지 않았다. 검을 휘두르고서 방어벽의 두께를 가늠해 본다. 앞으로 곧인가. 거의 1시간 가까이 레이드를 이어오고 있었으니, 곧 방어벽은 부서질 것이다.

문제는 그 다음.

방어벽을 잃은 몬스터는 통증을 느낀다. 진짜로 죽을 것이라는 것을 알게 되고, 필사적이 되는 것이다. 몬스터가 가장 위협적인 때는 단단한 방어벽을 가지고 있을 때가 아니다. 방어벽을 잃었을 때. 이대로 가다가는 죽을 지도 모른다는 것을 깨닫게 되었을 때. 발악하는 몬스터는 처음보다 빠르게 강하며 흉폭해진다.

'이쪽이 너무 지쳐있어.'

감당할 수 있을까? 최악의 경우에는… 우현은 입술을 잘근 씹었다. 최악은 생각하지 마. 이미 최악은 보고, 겪고 왔잖아. 우현은 민아를 힐끗 보았다. 땀에 흠뻑 젖은 얼굴. 발이 조금 느리다. 지친 것이다. 당연한 일이었다. 선하와 시헌 쪽을 보았다. 그들 역시 처음보다는 움직임이 무뎌진 것은 똑같았다.

'역시 너무 성급했나.'

아무리 마석을 먹었다지만 실전 경험도 적고, 체력 쪽도 아직 조율이 끝나지 않았다. 그런 와중에 이 정도의 네임드 몬스터를 상대하게 한 것은 너무 빨랐던 것일까. 하지만 이제 와서 뒤로 물러설 수는 없다. 왼팔이 욱신거렸다. 붕대를 묶어 압박하기는 했지만 격하게 몸을 움직이니 무리가 오는 것이다. 검에 투기를 불어넣는다.

스위치만으로는 부족해.

안주했던 적은 없다. 종말에 대해 알고 있으니 그를 대비하는 것은 당연하다. 데루가 마키나를 떠올리고, 그 최후의 전투를 떠올리고, 패배와, 죽음과… 무력했던 자신과. 왜 하필 나였을까? 왜? 나보다 강한 헌터는 많았는데. 가장 마지막에 죽어서? 꼴사나운 이유야. 나는 광대야.

'무력한 너는 아무 도움도 되지 않아요.'

데루가 마키나가 했던 말. 무력하기에, 도움이 되지 않는다. 무료와 권태. 데루가 마키나를 찌들게 한 것. 그 괴물이 세상을 멸망시키고, 그것을 반복하고, 우현을 과거로 보내고. 왜? 애당초 그 괴물은 미래가 바뀔 것이라는 생각은 조금도 하지 않았던 것이다. 그 괴물이 원했던 것은 단순히,

색다른 재미였을 뿐이다. 그 괴물은 우현이 과거로 돌아가서 발악하는 것을 지켜보고, 멸망하지 않으리라는 희망을 박살내는 것에 즐거움을 느낄 것이다. 몬스터에게서 강제로 마석을 뽑아내는 힘을 전해주었지만 그것으로 자신을 막을 수 있으리라는 생각은 조금도 하지 않았을 것이다. 그 괴물에게 있어서, 우현은 딱 적당한 존재였으리라. 적당히 강하고, 적당히 가지고 놀 수 있는 존재.

좆같은 년이.

그런 취급을 받아서 기분이 좋을 리가 없다. 내심 알고 있었음에도, 알고 있었어도. 과거의 호정이 하지 못했던 것. 지금의, 앞으로의 우현이 할 수 있는 것. 호정으로서의 전성기를 되찾는 것에 필요한 시간은 반 년. 반 년이면 우현은 SS급 헌터였을 때의 수준에 도달할 수 있다. 그렇다면, 그 다음은? SS급 너머의 SSS급? 아니, 등급을 떠나서….

투기.

마석을 뽑아 낼 수 있다는 것은, 그 어떤 방법보다 빠르게 투기의 양을 불릴 수 있다는 것. 이런 성장속도를 유지한다면 우현은 이 세상 그 어떤 헌터보다 많은 투기의 양을 갖게 된다. 그것으로 뭘 할 수 있을까. 스위치? 신체강화? 그것들은 이미 알고 있고, 할 수 있는 것들이다. 우현이 주목한 것은 호정이 하지 못했던 것이다.

스위치 이전에 생각했던 것이 있었다. 성공했던 적도 있다. 위력도 좋았다. 하지만 자주 사용하지는 않았다. 효율이 안 좋았기 때문이다. 레이드에 있어서 가장 중요한 것은 위력도 위력이지만 지속력이다. 스위치는 고루게 나눈 밸런스를 극단적으로 바꾸는 것이기에 지속력은 그리 떨어지지 않는다. 하지만 이것은 다르다.

지속력이 최악이다. 투기를 너무 크게 사용한다. 그래서 사용하지 않았다. 하지만 지금은 쓸 수 있다. 현재 우현이 보유한 투기는 아직 여유로웠고, 카로비스는 곧 있으면 방어벽이 박살날 것이다. 방어벽이 박살난 순간. 놈이 미쳐 날뛰려는 순간.

우현은 그때를 노렸다.

콰직!

펄션을 내리 찍던 시헌의 표정이 바뀌었다. 손에 느껴

지는 감각이 달랐기 때문이다. 곧, 상황이 변했음은 모두가 알게 되었다. 선하가 휘두른 검이 카로비스의 가죽을 얇게 스쳤다. 가죽이 워낙 두터워 피는 튀지 않았지만, 선하는 자신의 검이 방어벽이 아닌 놈의 몸을 베었음을 깨달았다.

그리고 카로비스 역시 행동을 바꾼다. 놈의 눈빛이 바뀌었다. 놈의 몸이 굽혀졌다. 위기를 알고 거리를 벌리려는 것이다.

놓치지 않는다. 카로비스가 거리를 벌리고 도약력과 기동성으로 승부를 걸려든다면 이쪽이 대응하기 힘들다. 우현은 바로 앞으로 튀어나갔다. 민아는 우현의 갑작스러운 돌진에 당황하여 따라 붙으려 했지만.

"대기해!"

버럭 지르는 외침에 민아의 발이 멈추었다. 지금 상황에서 어그로를 분산 시켜서는 안 된다. 우현은 파브니르를 꽉 잡았다. 검신이 새빨갛게 달아올랐다. 투기를 계속해서 밀어 넣는다. 가득 밀어넣은 투기가 검신을 감싸고 눈에 보일 정도로 구현되어 일렁거린다. 계속, 계속. 우현은 검을 뒤로 들었다. 일렁거리던 투기가 하얗게 달아오른다. 움직여라, 움직여라. 그리고 뭉쳐라. 투기가 검신에 달라붙는다. 투기가 빠르게 소모되었지만 아직은 감당할 수 있다.

어차피 방어벽은 이미 사라졌다. 남은 것은 카로비스의 몸뚱이 뿐. 검이 움직였다. 압축에 압축을 거듭한 투기는 투명한 막이 되어 검신을 감싸고 있었다. 여기서, 다시 스위치.

"카하악!"

카로비스가 펄쩍 뛰었다. 우현이 휘두른 일검은 놈의 머리 중 하나를 일격에 베어냈다. 깊이 베인 놈의 두 눈에서 피가 튀었다. 우현은 머뭇거리지 않고 공격을 이어갔다. 허리를 비틀어 회전하면서 놈의 몸쪽으로 파고든다. 한쪽의 시야를 빼앗았다. 이제는 기동력을 빼앗아야 한다. 이를 악 물고 검을 휘둘렀다.

콰드득!

우현의 검이 카로비스의 두꺼운 가죽과 다리를 파고들었다. 한 번 휘두르는 것으로 놈의 다리가 반 가까이 잘려나갔다. 우현은 검을 비틀어 뽑으면서 거리를 벌렸다.

"붙어!"

민아에게 지르는 외침이었다. 우현의 움직임을 홀린 듯이 보고 있던 민아는 급히 표정을 추스르고 달려들었다. 무엇을 해야 할지, 그녀는 정확히 파악했다. 민아는 사선으로 뛰었다. 우현 역시 발을 튕겨 옆으로 몸을 옮겼다. 우현과 민아의 위치가 바뀌었다. 민아는 몸을 낮추었다. 시력을 잃은 머리는 어찌할 줄 모르고 움직인다. 그 아래의 다리는 반쯤 잘려서 피가 철철 흐른다. 민아는 허리를 낮추어 머리 아래로 파고들었다. 민아의 검이 앞으로 향했다.

촤아악!

이미 베어져 피가 흐르는 절단면에 민아의 검이 쑤셔 들어갔다. 민아가 그러는 동안 우현은 다시 검을 휘둘렀다. 막대한 양의 투기를 압축하여 검 하나에 불어 넣었다. 이것에 스위치로 근력을 극대화 시켰다. 이렇게 휘두르는 검은 일격에 네임드 몬스터의 단단한 육체를 충분히 파괴할 수 있다.

'투기의 양이 늘어날수록 위력도 강해져.'

투기를 빠르게 모을 수 있는 우현만이 사용할 수 있는 공격법이다. 물론 지금으로서는 자주 사용할 수는 없다. 방어벽이 부서진 지금이기에 사용하는 것이다. 한 번, 두 번, 세 번. 세 번 휘두른 것으로 우현의 검이 카로비스의 다른 다리를 완전히 잘라냈다. 놈이 비명을 지르면서 기우뚱 옆으로 넘어지는 순간, 민아의 검도 카로비스의 다리를 끊어냈다.

"뭔 탱커가 딜러보다 공격을 더 잘하는 거야?"

선하는 그렇게 중얼거리면서 검을 휘둘렀다. 우현의 공격이 폭발적이기는 했지만, 그렇다고 해서 딜러 쪽이 가만히 있는 것은 아니었다. 방어벽을 부수는 것에 퍼부은 공격은 탱커보다 딜러 쪽이 압도적으로 많으니까. 시헌 역시 지친 것을 삼키고 펄션을 내리 찍었다. 가죽이 찢어지고 피가 튀었다. 카로비스는 땅에 엎어진 체로 몸을 버둥거렸지만 두 다리가 잘려나갔으니 도망칠 수단은 없었다. 공격이 한 곳으로 모였다. 우현을 포함한 넷은 카로비스의 머리로 모여 놈의 머리를 집중해서 공격했다.

카로비스의 움직임이 멎었다.

"후아!"

민아는 지친 숨을 토해내며 땅에 주저앉았다. 그녀는 후들거리는 양 손을 내려 보았다. 땀에 흠뻑 젖은 손은 쥐었다 필 때마다 끈적거렸다. 잘 실감이 나지 않았다. 잡았나? 정말로? 죽은 건가? 거듭해서 떠오르는 의문에 따라 민아는 카로비스를 바라보았다. 두 개의 잘린 머리가 굴러다니는 것을 보니 속이 역해졌다.

"…끝났다."

시헌은 다리에 힘이 풀려 그 자리에서 비틀거렸다. 그는 부들거리며 떨리는 손을 꽉 쥐었다. 욱신거리는 통증이 느껴졌다. 또 손아귀가 찢어져 버린 것이다. 아릿한 통증에도 시헌은 자신도 모르게 웃음을 흘렸다. 한 팔로도 할 수 있다. 레이드가 끝날 때까지 검을 놓지 않았다.

그것에 뿌듯함을 느끼면서 시헌은 선하 쪽을 보았다. 선하는 이마에 타고 흐르는 땀을 손등으로 훔치면서 호흡을 조절하고 있었다.

"…수고했어."

우현은 크게 숨을 토해내며 말했다. 이것으로 우현과 선하는 세 마리의 네임드 몬스터를 사냥했다. 협회에 신고한다면 등급 심사 없이 등급을 조절할 수 있게 된다. 하지만 그 전에 해야 할 일은 아직 남았다. 우현은 카로비스의 시체로 향했다. 가슴을 갈라 심장을 열어보니, 반짝거리는 마석이 눈에 들어왔다.

'노란색.'

3번째로 등급이 높은 옐로우 스톤이다. 차라리 마석이 나오지 않았다면 레드 스톤으로 뽑아낼 수 있었을 텐데. 우현은 그런 생각을 하면서 마석을 들어 올렸다. 마냥 그렇지도 않다. 주먹 두 개 크기의 옐로우 스톤은 레드 스톤에 비견될 정도의 힘을 품고 있으니까.

"일단 수습하고, 던전 나가자."

우현은 카로비스의 시체를 아공간 안으로 집어넣었다. 당장 협회에 가는 것도 중요하겠지만, 우현은 왼 팔을 내려 보았다. 부러진 팔은 자체 치유력에 기대기 보다는 병원에 가는 편이 나을 것 같았다.

"마석은."

선하가 입을 열었다. 우현을 포함한 셋의 시선이 선하에게 향했다. 우현은 살짝 미간을 찡그리면서 머리를 흔들었다.

"정산에 대해서는 던전 나가고서…."

그 말이 끝나기도 전에 선하가 우현의 말을 잘랐다.

"네가 가져야 한다고 생각해."

선하가 말했다. 그 말에 우현의 얼굴이 잠깐 멍해졌다. 눈을 깜박거리며 우현 쪽을 보던 시헌과 민아도 곧 머리를 끄덕거렸다.

"제 생각에도 그래요."

시헌이 말했다.

"정산은 확실하게 해야 돼. 내가 마석을 받을 이유가…."

"오빠가 아니었으면 우리 전멸했을 걸요."

민아가 냉큼 말했다. 선하도 동감하여 머리를 끄덕거렸다. 모두가 지친 상황에서 카로비스가 날뛰었다면 이쪽도 큰 피해를 입었을 것이다. 우현이 앞장서서 어그로를 독점하고 놈의 다리를 빠르게 끊어내지 않았다면 전멸에 준하는 피해를 입었겠지. 게다가 당황했던 민아를 감싸지 않았다면, 민아는 죽었을 지도 모른다.

"마석은 네가 가져. 대신, 카로비스의 시체의 정산금은 우리가 갖겠어. 그럼 문제없지?"

"…알았어."

우현은 마지못해 머리를 끄덕거렸다. 카로비스의 시체를 협회에 넘긴다면 큰돈을 받겠지만, 마석의 가치와는 비교할 수 없다. 우현에게 손해는 없다.

REVENGE

5. 화랑

HUNTING

NEO MODERN FANTASY STORY & ADVANTURE

REVENGE HUNTING

5. 화랑

던전을 나가기 전, 카로비스의 시체는 선하에게 넘겨 주었다. 판매금을 정산 받지 않는 대신에 마석을 받기로 하였으니, 우현이 굳이 협회에 출석할 이유는 없었다.

"바로 병원으로 가."

선하는 우현의 부러진 팔을 보면서 그렇게 말했다.

"정산하고서, 바로 협회 쪽에 등급 상향을 요청할 거야. 요청 후에는 따로 협회에 들러야 할 텐데… 일단 필요한 절차는 내가 다 해놓을 테니, 너는 신경 쓰지 말고 바로 병원에 가서 치료부터 받아. 괜히 팔 하나 못쓰게 되지 말고."

"팔 하나로도 어지간한 건 다 할 수 있는데요."

듣고 있던 시헌이 시무룩한 얼굴로 중얼거렸다. 시헌의 말에 선하는 흠칫 놀라더니 시헌 쪽을 보았다.

"그… 그런 뜻으로 한 말은 아니야."

선하가 머뭇거리며 말했다. 선하가 그렇게 나오자 오히려 시헌이 찔끔하여 입을 다물었다.

"장난 친 거예요."

시헌이 투덜거렸다. 우현은 그런 둘의 모습에 피식 웃으면서 붕대로 감은 팔을 힐끗 내려 보았다.

"복합 골절도 아니니 금방 붙을 거야."

투기를 회복 쪽으로 돌린다면 이틀이면 붙을 것이다. 물론 뼈가 붙었다고 해서 격한 움직임을 할 수는 없겠지만. 당분간은 강제적으로 사냥을 쉬어야 할 것이다. 우현의 말에 민아는 머뭇거리며 우현을 보았다. 우현은 민아의 시선을 보고서 표정을 굳혔다.

"유민아."

우현이 그녀를 불렀다. 민아는 흠칫 놀라 어깨를 움츠렸다.

"네, 넵."

민아는 꿀꺽 침을 삼켰다. 이번 사냥에서 그녀가 실수한 덕에 우현의 팔이 부러졌기 때문이다. 우현은 겁 먹고 창백해진 민아의 얼굴을 바라보다가, 피식 웃었다.

"잘했어."

민아의 얼굴이 멍해졌다.

"실수도 하긴 했지만, 잘한 것이 더 많으니까 칭찬하는 거야. 특히 나 팔 다쳤을 때."

부러진 팔을 무시하고 포지션을 유지하려던 우현을 뒤로 뺀 것은 민아의 선택이었다. 그녀가 카로비스의 머리 두 개를 잡고 있지 않았더라면 우현의 부상은 더욱 악화되었을 것이다. 민아는 어떤 표정을 지어야 할지 모르고 머뭇거리기만 했다. 우현은 그런 민아를 보면서 씩 웃었다.

"다음부터 실수하지 마. 그러면 돼."

"…네, 오빠."

우현의 말에 민아는 결국 활짝 웃었다.

"그러면, 난 먼저 나갈게."

선하가 머리를 끄덕거렸다. 우현은 다른 파티원들의 배웅을 받으며 판데모니엄 밖으로 나왔다. 불 꺼진 거실에 서서 우현은 한숨을 쉬었다.

'이 몸으로 부상을 입는 건 처음이로군.'

부러진 것으로 끝이 나서 다행이다. 제대로 맞았다면 아예 아작이 났겠지. 우현은 입맛을 다시며 갑옷을 벗었다. 한 팔로 갑옷을 벗으려니 죽을 맛이었다. 이럴 줄 알았다면 다른 사람한테 도와달라고 하는 건데. 하지만 이제 와서 도와달라고 할 수도 없지. 우현은 간신히 갑옷을 벗고 아공간에 집어넣었다.

'병원이라.'

사냥 중에 당한 부상이니까 보험 처리 되겠지.

◎

사흘 후, 우현과 선하는 서울 시청에 위치한 헌터 협
회를 찾았다. 부러진 팔은 우현이 예상했던 것처럼 이틀
이 지나 붙었다. 병원에서 부러진 뼈를 제대로 맞추고,
투기를 회복으로 완전히 돌린 덕분이었다. 물론 완전히
붙은 것은 아니라 격하게 팔을 움직인다면 기껏 붙은 뼈
가 다시 부러질 것이다.

하지만 운전대를 잡는 것 정도는 할 수 있다. 사흘이
지났으니 이 정도의 움직임에 무리는 없다. 우현은 차를
멈추고 운전대를 놓았다. 옆에 앉아있던 선하는 안전벨
트를 풀면서 우현의 팔을 힐끗 보았다.

"정말 다 나았나보네."

"안 나았어도 내가 운전했을 거야. 네가 운전하는 것
보다는 내가 한 팔로 운전하는 것이 나앗을 테니까."

우현은 진지한 얼굴을 하고서 그렇게 말했다. 그 말에
선하는 미간을 찡그리며 우현을 쏘아보았다.

"실례되는 말 하지 마."

선하의 말에 우현은 피식 웃었다.

사흘 전, 카로비스를 잡고서 그 시체를 협회에 넘겼을 때. 정산금액을 받고서 선하는 협회 측에 네임드 몬스터 세 마리를 잡은 것을 알리고, 등급 상향을 신청했다. 그 것이 받아들여졌기에 우현과 선하는 오늘 서울 시청의 협회로 온 것이다.

"아마 꽤 오를 거야."

협회 건물로 들어가면서 선하가 입을 열었다.

"못해도 C급은 되겠지. 베드로사는 그렇다고 쳐도 바 바론가와 카로비스는 난이도가 높은 네임드 몬스터니 까. 특히 카로비스는 27번의 몬스터이기는 하지만, 네임 드 몬스터로서의 난이도는 30번대의 네임드 몬스터에도 비견 될 정도야."

우현은 머리를 끄덕거렸다. 카로비스가 난이도가 높 다는 것은 직접 탱킹을 해 보았기에 잘 알고 있다.

"무슨 일로 오셨습니까?"

지난번에 왔을 때처럼, 협회는 한산했다. 판데모니엄 내에서도 협회가 존재하지 굳이 현실에서까지 협회에 들를 이유는 없기 때문이다.

"오늘 오기로 약속을 했습니다만."

하지만 판데모니엄 내에서 모든 업무를 해결할 수 있 는 것은 아니다. 선하의 말에 직원은 컴퓨터를 조작하면서 아, 하고 탄성을 질렀다.

"강선하님, 정우현님 맞으십니까?"

"네."

선하가 대답했다. 직원은 머리를 끄덕거리며 활짝 웃었다.

"등급 조절로 오셨다면 잠시만 기다려주십시오."

직원은 그렇게 말하고선 수화기를 들었다. 얼마 지나지 않아서 안쪽에서 사람이 나왔다. 우현은 나온 남자를 보고 놀란 표정을 지었다. 안쪽에서 나온 남자는 정민석이었다. 그는 처음 보았을 때처럼 가느다란 안경을 끼고 정장을 입고 있었다. 그는 우현과 선하를 향해 머리를 꾸벅 숙였다.

"오랜만입니다."

"아, 네."

우현이 대답했다. 정민석은 손목에 차고 있던 시계를 힐끗 내려 보더니 머리를 들었다.

"일단 안으로 들어오시지요."

그는 그렇게 말하며 자신이 나온 문을 가리켰다. 우현과 선하는 정민석을 따라 안쪽의 문으로 들어갔다. 복도 끝의 방. 지난번 협회에 왔을 때, 나래의 부길드장인 박광호와 만났던 곳이다.

"이번에도 박광호씨가 있는 겁니까?"

우현은 앞서 걷는 정민석을 보면서 물었다. 정민석은 뒤를 돌아보지 않고 머리를 흔들었다.

"오늘은 아닙니다."

"다른 사람이 있는 겁니까?"

"그 분들은 조금 이따가 오실 겁니다."

정민석이 대답했다. 결국 누군가가 있다는 말이다. 우현의 미간이 찡그려졌다.

"저희에게 말도 없이?"

묻는 말에 정민석의 걸음이 멈추었다. 그는 머리를 살짝 돌려 우현을 바라보았다. 우현은 노골적으로 불쾌하다는 표정을 짓고서 정민석을 바라보았다. 선하 역시 마찬가지였다. 정민석은 한숨을 쉬면서 몸을 돌렸다.

"죄송합니다."

정민석은 머리를 꾸벅 숙였다.

"미리 말씀을 드려야 하는 것이 옳았겠지만, 저도 연락을 받은 것은 오늘이었습니다."

"…됐습니다. 그래서, 누가 오는 겁니까?"

우현이 물었다. 정민석은 다시 손목에 찬 시계를 내려보았다. 오후 2시 10분.

"화랑의 길드마스터와 헌터 협회의 한국 지부장님이십니다."

그 말에 우현의 입술이 순간 벌어졌다.

"네?"

선하가 놀란 소리를 냈다. 화랑. 현재 세계 제일의 헌터 길드인 럭키 카운터와 연합하고 있는 한국의 길드다. 본래 화랑은 나래와 함께 거론되면서 누가 한국 제일인지에 대해 의견이 분분하였으나, 럭키 카운터와의 연합을 통해 명실상부한 한국 제일이 되었다. 그리고 협회의 한국 지부장이라니?

"그 높으신 분들이 대체 왜 저희를?"

"두 분은 주목받고 있으니까요."

정민석이 대답했다.

"등급이 높고, 천재적인 자질을 지닌 헌터들은 여태까지 많았습니다만… 두 분처럼 폭발적으로 성장한 헌터는 전례가 없습니다. 두 분이 초기 등급 심사를 치른 것은 8월이었지요. 그리고 지금은 10월입니다. 고작 두 달 사이에 두 분은 네임드 몬스터를 셋이나 잡았습니다."

정민석이 말했다. 그는 더 말을 하려다가 입술을 다물었다.

"자세한 이야기는 안에 들어가서 하도록 하죠."

그는 그렇게 말하며 다시 몸을 돌렸다. 우현과 선하는 입술을 다물고 정민석을 따라 방 안으로 들어갔다.

"잡은 네임드 몬스터는 베드로사와 바바론가, 카로비스."

정민석은 차가운 녹차를 우현과 선하의 앞에 내주었다. 부탁도 하지 않았는데. 우현이 얼떨떨한 표정을 짓자 정민석은 머리를 갸웃거렸다.

"지난 번에는 차가운 녹차였던 것 같은데. 다른 것으로 드립니까?"

그 물음에 우현은 머리를 흔들었다.

"…아니, 괜찮습니다. 그런데 어떻게…?"

"두 분이 협회를 나가고서 테이블을 치울 때 봤습니다. 종이컵에 담긴 녹차."

정민석은 그렇게 말하며 소파에 앉았다.

"이야기를 계속해서, 두 분이 잡은 것은 아까 말했던 그 세 마리죠. 베드로사는 난이도가 꽤 낮은 네임드 몬스터이긴 합니다만, 바바론가와 카로비스는 20번대 던전에 출현하는 몬스터이면서도 꽤 난이도가 높은 몬스터입니다. 게다가…."

정민석은 안경을 손끝으로 올렸다.

"두 분의 등급은 F. 경력은 두 달 남짓. 그런 경력과 등급의 헌터가 바바론가 급의 네임드 몬스터를 잡았다는 것은 전례가 없는 일입니다. 아, 물론. 대형 길드의 경우에는 신입의 등급을 빨리 올리기 위해서 네임드 몬스터의 레이드에 끼우는 경우가 아예 없는 것은 아닙니다만… 그런 경우는 굉장히 드물죠. 헌터라는 것은 등급이 높다고 해서 제 몫을 하는 직업이 아니니까요. 하지만 두 분의 경우는 그런 것도 아니지 않습니까. 당시 파티원을 보면 가장 높았던 것이 E급이었고요. 베드로사의 경우에는 우현씨와 선하씨 둘이서 잡았고."

우현과 선하는 별 대답없이 정민석의 이야기를 가만히 들었다. 정민석은 물을 한 모금 마시고서 말을 이었다.

"두 분의 행보는 파격적입니다. 어떠한 조작도 없었고요. 그래서, 협회는 두 분의 행보에 걸맞게 파격적인 대응을 하기로 하였습니다. 능력이 있다면 그만한 대우를 받아야 할 테니까요."

"…그 말은?"

"여러 가지 안건이 나왔습니다. 두 분의 승급에 대해서요. 모두가 호의적이지는 않았습니다. 아, 호의적이지 않았다는 것은… 등급을 너무 올려버려도 두 분의 경험이 부족하니 불상사가 생기지 않을까… 뭐 그랬다는 뜻입니다."

정민석은 잠시 말을 멈추었다.

"상향된 두 분의 등급은 B로 결정되었습니다."

B등급. F등급에서 한 번에 B등급으로 오른 것이다. 선하의 입술이 멍하니 벌어졌다. 그녀는 많이 올라봐야 C등급이라고 생각했었다. 그런데 B등급이라니. 그녀의 예상보다 높다.

"A등급으로 올리자는 말도 있었습니다만, 그것은 너무 과하다 생각했습니다. 그렇다고 C등급으로 두자니 세 마리의 네임드 몬스터를 레이드한 주역인데 너무 낮다는 생각이 들었고요. F급에서 두 달만에 B등급이라니…."

정민석은 낮은 목소리로 중얼거리며 머리를 흔들었다.

"30분이 되면, 화랑의 길드 마스터와 지부장님이 오실 겁니다."

정민석은 다시 시계를 내려 보았다. 30분이 되기까지 얼마 남지 않았다.

"자세한 이야기는 저도 알지 못하지만, 아마 나래 때와 똑같은 제안을 하시려는 것이겠죠. 대우는 나쁘지 않을 겁니다. 화랑은 명실상부한 한국 제일의 길드입니다. 럭키 카운터와 연합한 덕에 최상위 던전 공략에도 상당한 비중을 차지하고 있지요."

"지부장이 오는 이유는 뭡니까?"

"협회는 화랑 쪽에 힘을 실어주고 있습니다."

정민석이 대답했다.

"두 달 전만 해도 협회는 화랑보다는 나래 쪽에 기울어 있었습니다. 하지만 럭키 카운터가 화랑을 선택함으로서, 협회는 나래에서 화랑으로 줄을 갈아탔지요. 지부장님이 직접, 화랑의 길드 마스터와 함께 오는 것은 그때문입니다. 한국 지부장이라는 위치는… 업무 쪽으로 보면 한국 그 어떤 헌터보다 높은 곳이니까요."

강압적이라는 뜻일까.

"거절한다면?"

"그것을 저한테 물으셔도, 제가 알 수는 없습니다."

정민석은 쓰게 웃으며 어깨를 으쓱거렸다.

째깍거리며 시간이 흘렀다. 우현은 미간을 찡그리고서 종이컵에 담긴 녹차를 노려 보았다. 루키가 된다는 것. 주목을 받게 된다는 것. 그것은 그만큼 휘말리기 쉽다는 뜻이기도 하다. 누구 하나 신경쓰지 않는 곳에 있다면 자기 몸 하나만 챙기면 되지만, 주목받는 위치가 된다면 행동 하나하나에 시선이 끌린다. 그것이 꼭 나쁜 것은 아니지만, 지금으로서는 그리 좋다고 할 수도 없었다.

'확실히 파격적이니까.'

경력 두 달만에 B급으로 오른다는 것은 호정의 세계에서도 전례가 없었던 일이었다. 내가 B급으로 오르는 것에 얼마나 걸렸더라? 1년은 넘었군. 어지간히 재능이 보이지 않고서는 B급으로 오르는 것에 2년은 걸리는 것이 평균이다. 협회로서도, 그리고 화랑으로서도. 자국에서 등장한 이 주목받는 신인을 놓치고 싶지 않겠지.

'협회가 화랑에게 기울어져 있다….'

우현은 정민석이 했던 말을 떠올리며 턱을 어루만졌

다. 우현과 선하가 F급이 되었을 때 스카웃을 위해 찾아왔던 것은 나래의 부길드장인 박광호였다. 하지만 이번에 찾아온 것은 화랑의 길드 마스터. 화랑이 럭키 카운터와 연합하지 않았다면 나래의 길드 마스터가 찾아왔을까? 우현은 바바론가 솔로 사냥 영상을 찍었던 나래의 길드 마스터를 떠올렸다. 최우석. SS급 헌터. 개인적으로 만나보고 싶은 사람이다.

"늦으시는 군요."

계속해서 손목시계를 확인하던 정민석이 입을 열었다. 시간은 40분이 다 되어가고 있었다. 약속 시간인 30분에서 10분이 지났다. 정민석은 혀를 작게 차면서 한숨을 삼켰다. 우현은 그런 정민석의 얼굴을 빤히 보다가 입을 열었다.

"화랑의 길드 마스터는 어떤 사람입니까?"

"어떤 대답을 기대하시는 겁니까?"

정민석이 물었다. 갑작스러운 물음에 우현은 눈을 가늘게 뜨고서 정민석을 쏘아보았다. 정민석은 우현의 시선에 어깨를 으쓱거렸다.

"헌터로서? 아니면, 그냥 사람으로서?"

"둘 다."

우현의 말에 정민석은 곧바로 대답하지 않고 턱을 어루만졌다. 아무래도 그 나름대로 화랑의 길드 마스터에 대해 생각하는 모양이었다. 그는 닫힌 문을 힐끗 보더니 검지 손가락을 세워 입술에 갖다붙였다.

"이 얘기는 비밀입니다."

태연스레 하는 말에 우현과 선하가 머리를 끄덕거렸다. 정민석은 피식 웃더니 소파에 편하게 앉았다.

"화랑의 길드 마스터는 김상규라는 남자입니다. 초창기에 각성한 헌터고, 나이도 스물 여섯으로 젊은 축에 속하지요. 실력도 뛰어난 편입니다. 헌터 등급은 SS고, 주 포지션은 딜러죠. 사용하는 무기는 대검으로 우현씨와 비슷합니다."

정민석은 태연스러운 얼굴로 김상규라는 헌터에 대해 이야기를 시작했다.

"한국이 보유한 SS급의 헌터는 화랑의 길드 마스터인 김상규와, 나래의 길드 마스터인 최우석. 이렇게 둘 뿐입니다. 둘은 헌터로 각성한 시기도 비슷했던지라 예전부터 라이벌 관계로 있었지요. 사실 김상규의 본래 포지션은 탱커였습니다. 탱커는 힘들고 위험하기는 하지만, 그만큼 이득을 많이 챙길 수 있는 포지션이니까요."

"그런데 왜 딜러로?"

"탱커로서의 능력은 김상규보다 최우석이 압도적이었거든요."

정민석이 대답했다.

"아, 그렇다고 해서 김상규가 탱커로서의 능력이 떨어졌다는 말은 아닙니다. 그는 기본적으로 센스가 좋은 사람이었거든요. 탱커로 포지션을 굳혔어도 SS급까지는 올라왔을 겁니다. 하지만… 김상규가 센스가 좋은 것에 그쳤다면, 최우석은 천재적이었어요. 탱커로서는 말이죠. 기본적인 거리를 재는 것부터 시작해서 몬스터의 움직임을 예측하는 것. 몬스터의 취약점을 파고드는 것. 어그로를 관리하고 딜러의 딜량을 계산하는 것과…."

정민석은 잠시 말을 멈추었다.

"쓸데없는 곳으로 이야기가 샜군요."

정민석은 민망하다는 표정을 지었다. 우현은 정민석이 저렇게 열의를 띄고 말을 하는 것은 처음 보았다. 그가 본 정민석은 감정표현이 적고 사무적인 사내였는데.

"딜러의 딜량을 계산한다고요?"

선하가 놀란 표정을 짓고서 물었다. 그 물음에 정민석은 천천히 머리를 끄덕거렸다.

"네. 뭐라 해야 할까… 한 번이지만 최우석이 메인 탱커로 있는 파티에 참가했던 적이 있습니다. 제가 협회에 소속되기 전이었죠. 당시 저는 B급 헌터였고, 최우석은 A급 헌터였습니다. 벌써 1년 전이군요. 그런 식의 사냥은 처음이었습니다. 보통 파티에서 탱커와 딜러의 관계는… 뭐라고 해야 할까. 서로 감에 편중하는 느낌이 많죠. 딜러는 공격하다가 이쯤이면 조금 쉬어야겠다 생각해서 뒤로 빠지고, 탱커는 딜러가 빠진 틈에 어그로를 조절하고. 하지만 최우석의 파티는 달랐습니다."

정민석의 눈빛이 변했다. 무언가를 동경하는 소년같은 눈빛이었다.

"당시 사냥했던 것은 어그로 관리가 힘들기로 정평이 난 네임드 몬스터였는데, 그는 혼자서 탱킹하면서 어그로를 한 번도 놓치지 않더군요. 그렇게 안정적인 파티는 처음 보았습니다. 몬스터의 돌발적인 공격은 최우석에게 번번히 끊어졌고, 그가 말하는 것으로 몸을 빼니 위험은 찾아오지도 않았고… 그는 마치 기계 같았습니다. 왜, 온라인 게임에 있지 않습니까? 보스 몬스터를 레이드 할 때, 온라인 게임에서는 모니터 한 쪽에서 딜러의 딜량이 표시되지요. 그런 느낌이었습니다. 딜러의 딜량을 확인하고, 그것에 맞춰 탱킹을 공격적으로, 혹은 방어적으로 바꾸고."

정민석은 주먹을 꽉 쥐며 말했다. 우현은 그런 정민석을 빤히 보았다. 최우석의 사냥 영상은 우현도 본 적이 있었다. 당시 보았을 때에도 뛰어나다고 생각은 했는데, 그 정도란 말인가.

"김상규는?"

"…아, 죄송합니다. 또 쓸데없는 말만 잔뜩 하였군요."

정민석은 그렇게 말하며 시간을 확인했다. 시간은 어느새 50분이 다 되어가고 있었다. 그는 작게 혀를 찼다.

"김상규는… 뛰어난 헌터지요. 탱커로서의 능력은 최우석에게 크게 밀리기는 했지만, 그것을 깨달은 즉시 딜러로 전향하여 실적을 냈습니다. 특히 그가 뛰어난 것은 수완이었지요."

"수완?"

"예. 나래와 화랑은 성질이 조금 다릅니다. 나래는 최우석의 능력에 감탄하여 자발적으로 헌터들이 모인 것이 그 시작이었지만… 화랑은 김상규가 적극적으로 헌터들을 스카웃하여 세를 불렸죠. 특히 김상규가 눈독을 들였던 것은 하위 랭크에서 오랫동안 머물던 헌터들이었습니다. 헌터의 역사는 3년 남짓한 짧은 역사입니다. 초기에는 헌터의 수가 적었기에, 당시의 헌터들은 막대한 부를 축적할 수 있었지요."

정민석의 눈이 선하에게 향했다. 선하는 살짝 머리를 끄덕거렸다. 그녀의 아버지 역시 그 덕을 톡톡히 본 사람이었기 때문이다.

"각성자가 많아지면서 그것은 덜해졌지만, 초기에 부를 쌓고 좋은 장비를 착용하며, 경험과 실력을 갖춘 헌터들은 그보다 늦게 각성한 헌터들보다 모든 면에서 우월했습니다. 김상규는 그런 재력과 경험으로 하위 랭크의 헌터들을 적극적으로 포섭했지요. 장비를 맞출 돈이 없는 헌터들이 그가 노리는 대상이었습니다. 그 당시에는 던전도 너무 적게 열린 탓에 장비들이 정말… 엄청나게 비쌌죠."

정민석의 표정이 살짝 굳었다.

"악순환이었습니다. 장비를 구입하기 위해 빚을 내고… 또 그것이 반복되고. 그런 헌터들에게 있어서 김상규의 제안은 달콤한 독이었습니다. 김상규의 화랑은 그렇게 커졌습니다. 김상규는 늘린 길드원 사이에서 옥석을 가려냈고, 어느 정도의 재능이 있는 헌터는 적극적으로 지원하면서… 재능이 없이 도태된 헌터들은 하위 던전에 갈아 넣었죠. 저처럼."

"예?"

"저처럼 말입니다. 저는 화랑에 있었습니다. 저도, 강만석 씨도."

정민석은 별 표정 변화없이 말했다. 그 갑작스러운 말에 우현의 표정이 멍해졌다. 사람 너무 믿지 마라. 예전에. 씁쓸한 표정으로 강만석은 그렇게 말했었다.

"뭐, 수완이 뛰어나다는 거지요. 실제로 화랑은 지금 한국 제일의 길드가 되었잖습니까. 사람으로서는…"

정민석은 다시 시계를 내려 보았다. 그의 미간이 찡그려졌다.

"약속시간조차 제대로 안 지키고 있으니, 알아서 생각하십시오."

째깍거리며 시계바늘이 움직였다. 침묵이 오갔다. 우현은 미간을 찡그리며 시계를 보았다. 2시가 3시가 되었다. 우현은 선하 쪽을 힐끗 보았다. 선하는 영 불편한 표정이었다. 그도 그럴 것이, 화랑이 연합하고 있는 럭키카운터는 선하의 아버지의 원수다. 엮이고 싶지 않은 것이리라.

벌컥 문이 열렸다. 정민석은 숙이고 있던 머리를 들었다. 우현과 선하도 머리를 돌려 뒤쪽을 보았다. 문이 열리고 두 명의 남자가 들어오고 있었다. 실실 웃고 있던 남자가 시선을 내려 우현 쪽을 보았다.

"아, 늦어서 죄송합니다."

눈이 가느다란 남자였다. 위로 바짝 친 투블럭에 윗머리는 포마드로 올려 넘기고, 귀에는 반짝거리는 귀걸이부터 해서 목에는 화려한 문신. 어느 상황에서 마주쳐도 잊지 못할 강렬한 인상이었다. 그는 입고 있던 셔츠의 단추를 풀면서 너스레를 떨었다.

"밖에 날씨가 덥더군요. 이야, 안에 들어오니 좀 살 것 같네요."

웃는 목소리로 말하면서 그는 정민석 쪽을 힐끗 보았다. 그 시선에 닿은 정민석은 표정을 굳히고 몸을 일으켰다.

"그러면, 저는 나가보겠습니다."

그 말에 투블럭을 한 남자의 곁에 있던 남자가 머리를 끄덕거렸다. 정민석이 곁을 지나치자, 투블럭의 남자가 빙글 웃으면서 정민석을 힐끗 보았다.

"나중에 같이 밥이나 한 끼 합시다."

"…예."

정민석은 굳은 목소리로 대답하고서 문을 열고 나갔다. 투블럭의 남자는 어깨를 으쓱거리더니 우현과 선하의 맞은편에 앉았다.

"만나서 반갑습니다. 화랑의 길드 마스터로 있는 김상규입니다."

그가 김상규였다. 대한민국에서 최고로 꼽히는 길드, 화랑의 길드 마스터. 한국이 보유한 두 명의 SS급 헌터 중 하나. 김상규의 곁에 앉은 남자는 기른 수염을 단정하게 자른 중년인이었다. 그는 사람 좋은 미소를 지으며 우현에게 악수를 청했다.

"헌터 협회의 한국 지부장을 맡고 있는 김태완입니다."

"…예. 만나서 반갑습니다."

우현은 김태완이 청하는 악수를 받았다. 익숙한 냄새

가 코끝을 스쳤다. 진한 담배 냄새였다. 우현이 김태완의 악수를 받자 김상규는 눈을 빛내며 선하 쪽을 보았다.

"이야, 오랜만이네?"

뜻밖의 말이었다. 우현의 눈빛이 변했다. 선하는 조금 굳은 얼굴로 머리를 끄덕거렸다. 김상규는 히죽거리며 웃으면서 선하를 보다가, 이쪽을 보는 우현의 시선을 눈 치채고 시선을 힐끗 돌렸다.

"아, 선하와는 예전부터 알고 있는 사이였거든요. 우현 씨도 알지 않습니까? 선하의 아버님에 대해."

"…아, 예."

"선하의 아버님에게는 이것 저것 도움을 많이 받았었죠. 그 분이 그렇게 돌아가시리라고는 생각도 하지 못했었는데…."

아차차. 김상규는 호들갑을 떨며 자신의 입술을 찰싹 때렸다.

"뭐 좋은 얘기도 아닙니다만."

그는 그렇게 말하고선 선하를 보며 활짝 웃었다.

"헌터가 되었으면 헌터가 되었다고 말이라도 해 주지 그랬어? 그러면 내가 최대한 도와주었을텐데 말이야."

"…아뇨, 괜찮습니다."

선하는 뻣뻣하게 머리를 흔들며 대답했다. 그 대답에 김상규는 입맛을 다시면서 어깨를 으쓱거렸다.

"너무 딱딱하게 굴지 말라니깐. 장례식장에서 말했잖아, 오빠라고 부르라고."

그는 그렇게 말하면서 다리를 꼬았다.

"네 아버지께는 도움을 많이 받았단 말이야. 나로서는 어떻게든 도와주고 싶다고. 오늘 내가 직접 온 것도 그 이유고."

"…네에."

선하는 불안하다는 듯이 시선을 내리 깔았다. 우현은 그런 신하를 보면서 이해할 수 없다는 표정을 지었다. 선하의 반응이 조금 과하다 생각했기 때문이다. 김상규는 그런 선하를 보면서 입맛을 다시다가 우현 쪽을 힐끗 보았다.

"뭐, 사적인 얘기는 여기까지 하고."

그는 그렇게 말하면서 옆에 앉은 김태완 쪽을 힐끗 보았다.

"여기서 담배 피워도 됩니까?"

그는 웃으면서 그렇게 물었다. 김태완은 대수롭지 않다는 듯 웃음을 터트리며 머리를 끄덕거렸다.

"뭐, 문제될 것 있겠나?"

"역시 협회장님은 쿨하시다니깐."

김상규는 낄낄 웃으면서 담배를 꺼내 입에 물었다.

"아, 우현 씨도 피우고 싶다면 피우셔도 됩니다."

그는 그렇게 말하면서 담배에 불을 붙이며 몸을 일으켰다. 정수기 쪽으로 가 종이컵에 물을 받은 그는, 그렇게 만든 재떨이를 테이블 한 가운데에 놓았다.

"우현 씨도 피죠? 담배. 제가 코가 좀 좋아서."

김상규는 그렇게 말하면서 자신의 담배갑을 우현에게 권했다. 우현은 그것을 빤히 보다가 머리를 흔들었다.

"괜찮습니다."

"괜찮기는요. 흡연자가 남 담배 피우는 것 보면 무슨 기분인지 제가 모를 것 같습니까? 협회장님도 허락하셨으니까…."

"괜찮습니다."

우현은 머리를 흔들었다. 그는 옆에 앉은 선하를 힐끗 보았다.

"비흡연자가 있지 않습니까."

우현이 중얼거린 말에 김상규는 눈을 깜박거렸다. 그가 물고 있는 담배에서는 가느다란 뿌연 연기가 몽실거리며 위로 올랐다. 김상규의 눈동자가 데룩 굴러 선하를 보았다.

"아, 그렇군요."

그는 그렇게 말을 하면서도 담배를 끄지는 않았다. 대신, 우현에게 내밀었던 담배갑을 자신 쪽으로 당겼을 뿐이다.

"괜찮다고 하시니 더 권할 수도 없고. 뭐, 알겠습니다. 나중에라도 피우고 싶으시면 말해주세요. 드릴 테니까."

그는 그렇게 말하며 연기를 입 안에서 굴렸다. 뿌연 연기가 김상규의 콧구멍으로 나왔다. 그는 입맛을 다시며 종이컵에 담뱃재를 털었다.

"오늘 제가 여기에 왜 왔는지 아십니까?"

"저희를 스카웃하기 위해서 아닙니까?"

질문에서 질문으로. 대답으로는 충분했다. 김상규는 씩 웃으며 머리를 끄덕거렸다.

"맞습니다."

그는 다시 담배를 입술로 가져갔다.

"화랑에 대해서는 얼마나 알고 계십니까?"

"미국의 럭키 카운터와 연합하면서 한국 제일의 길드가 되었다고 들었습니다."

"그렇습니다!"

대뜸 김상규가 목소리를 높였다. 선하가 흠칫 놀라 어깨를 움츠렸다. 김상규는 씩 웃으면서 말을 이었다.

"화랑은 미국의 가장 큰 길드인 럭키 카운터와 연합하여 59번 던전을 공략했습니다. 그리고 지금은 60번 던전인 루스펠의 탑을 공략하고 있지요."

탁, 탁, 탁. 김상규는 손가락으로 테이블을 두드리면서 경쾌하게 말을 이어나갔다.

"루스펠의 탑은 말 그대로 거대한 탑입니다. 이런 식의 던전은 최상층에 보스 몬스터가 있는 법인데… 럭키 카운터와 연합한 저희 화랑의 공격대는 최상층을 목전에 두고 있지요. 루스펠의 탑까지 공략을 끝낸다면 화랑은 명실상부한 한국 제일, 아니, 아시아 제일이 될 겁니다."

김상규의 눈이 빛났다. 우현은 자신을 빤히 보는 김상규의 시선이 거북하여 살짝 머리를 뒤로 뺐다.

"이번에 B등급으로 승급했다고 들었습니다."

김상규는 우현에게 시선을 고정했다. 그는 선하 쪽을 보지 않았다. 선하는 시선을 내리 깔고 치맛자락을 움켜잡고 있었다. 굳이 말을 하지 않아도 우현은 선하가 불안해 하고 있음을 느낄 수 있었다.

"솔직하게 말하죠. 화랑에는 B급 헌터가 상당히 많습니다. 그렇기는 합니다만… 저는 가능성 쪽에 투자를 하고 싶군요."

"…그 말은?"

"화랑으로 오십시오."

치익. 물이 담긴 종이컵에 담배가 떨어졌다.

"나래가 같은 제안을 했다고 들었습니다. 그 제안에 우현 씨가 어떻게 거절했는지도 들었습니다. 아직 준비가 되지 않았다, 그렇지요? 그렇다면 지금은 어떻습니까?"

김상규의 눈이 가늘게 휘어졌다.

"네임드 몬스터를 세 마리 잡으셨다죠. 베드로사, 바바론가, 카로비스. 보아하니 마석도 하나 이상 흡수하신 것 같고… 장비에 대해서도 들었습니다. 라크로시아의 갑옷과 파브니르. 화랑의 보급 장비가 아무리 뛰어나다지만 우현 씨가 착용하고 있는 명품과는 비교할 수가 없죠. 그러니까."

김상규는 담배갑을 열었다. 그는 기본적으로 화술에 능통한 사람이었다. 대화 중간에 적절하게 제스쳐를 섞고, 화두를 던지고서 곧바로 말을 하지 않고 상대를 초조하게 만든다. '수완가.' 우현은 정민석이 했던 말을 떠올렸다. 그 말 대로였다. 눈앞에 앉은 김상규는 헌터라기보다는 사업가처럼 보였다.

"화랑은 다른 것을 드리겠습니다."

"어떤?"

우현은 곧바로 물었다. 김상규가 씩 웃었다.

"화랑의 길드원들은 최상위 던전인 60번 던전 부터 해서 30번 이상 던전에 나뉘어 사냥을 합니다."

김상규가 담배에 불을 붙였다.

"그들이 잡아 들이는 일반 몬스터는 헤아리기 힘들 정도지요. 네임드 몬스터도 마찬가집니다."

무슨 말을 하려는 것인지 모르겠군. 우현은 눈을 가늘

게 뜨고 김상규를 바라보았다. 김상규는 말의 높낮이와 속도를 적절하게 끊고 조절하면서 우현을 초조하게 만들고 있었다.

"마석."

김상규의 목소리가 낮아졌다. 그는 은밀한 비밀을 말하는 것처럼 머리를 낮추고 작은 목소리로 소곤거렸다.

"화랑은 상당량의 마석을 보유하고 있습니다. 유통한다면 시세가 뒤집어질 정도지요. 우현 씨가 화랑에 가입한다면… 세 개."

김상규가 손을 펼쳤다.

"세 개의 마석을 제공하겠습니다. 그리고 곧 있으면 분기별 등급 심사지요? 승급한다면 우현 씨는 A급의 헌터가 되겠군요. A급 헌터가 되시고 세 개의 마석을 모조리 흡수하신다면, 저는 우현 씨를 최상위 던전의 공격대에 들어가게 해드리겠습니다. 이게 무슨 뜻인지는 알고 계십니까?"

"…잘 모르겠습니다만."

알고 있지만, 우현은 머리를 흔들었다. 김상규가 어떻게 말하는가를 보기 위해서였다.

"최상위 던전. 60번 던전은 곧 공략이 될 테고… 그 뒤에 열릴 61번 던전 말입니다. 61번 던전도 화랑은 럭키 카운터와 함께 할 겁니다. 아직 마주치지도 못한 네임드 몬스터는 말할 것도 없고 일반 몬스터들조차 아직 물량이 풀리지 않은 곳이지요. 그곳에서 사냥할 수 있다는 것. 그리고 화랑의 공격대에 들어간다는 것. 그것은 럭키 카운터와 연합할 수 있다는 뜻이고, 누구보다 먼저 새로운 몬스터의 사체를 독점할 수 있다는 뜻입니다. 어마어마한 보상이 준비된 곳이지요.”

어떠십니까? 김상규는 물고 있던 담배의 재를 털면서 우현의 얼굴을 바라보았다. 우현은 별 말을 하지 않고 김상규의 얼굴을 빤히 보았다. 김상규가 말한 조건은 파격적이었다. 나래가 우현과 선하를 스카웃하면서 걸었던 조건과는 비교가 되지 않을 정도였다. 당연한 일이었다. 당시 우현과 선하는 F급 헌터였을 뿐이다. 하지만 지금, 우현과 선하는 B급 헌터가 되었다. 초기 등급 심사에서 F급을 받은 것이 재능을 인정받은 것이라면 두 달만에 B급에 오른 것은 그 재능이 진짜라고 검증받은 것이다. 당연히 대우가 달라진다.

“…왜 제게만 답을 구하십니까?”

입술을 다물고 있던 우현은 다른 것을 물었다. 그 질문에 김상규가 눈을 깜박거렸다.

“무슨 뜻입니까?”

김상규는 머리를 갸웃거리며 물었다. 우현은 대답하지 않고 선하 쪽을 힐끗 보았다. 그 시선에 김상규는 우현이 무슨 말을 하려는 것인지 알았다. 그는 낮게 웃으면서 선하 쪽을 보았다.

"선하야. 너는 어떻게 생각해?"

김상규는 가늘게 뜬 눈을 휘면서 웃었다. 그 시선에 선하는 머뭇거리며 시선을 내리 깔았다.

선하가 김상규를 처음 만난 것은 2년 전이었다. 그녀의 아버지인 강상중이 아직 살아있었을 적이고, 그녀가 22살이었을 때다. 어느 날, 강상중은 자신의 후배라면서 김상규를 데리고 왔었다. 당시의 김상규는 B급 헌터였고, 강상중은 A급 헌터였다. 처음에, 선하는 당연히 김상규가 아버지의 길드인 제네시스의 소속이라고 생각했다.

그가 사실은 제네시스가 아닌 다른 길드의 마스터로 있다는 것은 그날 저녁, 셋이서 함께 식사와 술을 곁들였을 때 들었다. 김상규는 웃음이 많은 남자였다. 그는 선하에게 친절했고, 그녀의 아버지에게는 깎듯이 예의를 챙겼다. 좋은 사람이라고 생각했다. 그 후로 강상중은 김상규를 집에 데리고 왔고, 선하 역시 자연스럽게 그와 친해졌다.

강상중이 죽었을 때, 그의 장례식에서. 이야기를 들은 것은 우연이었다. 매캐한 담배 연기와, 낄낄거리는 웃음소리. 혼자 깨끗한 척 하더니 뒈졌네.

'줄을 잘 타야 되는 거야. 인생 한 방이라잖아. 터지는 것도 한 방이고, 가는 것도 한 방이야. 그냥 훅 간다고.'

카악, 퉤. 침을 뱉는 소리, 담배 냄새. 토했다. 머릿속의 무언가가 산산이 조각나는 느낌이었다. 믿음이라는 것이 부서졌다. 낄낄거리는 웃음 소리가 머리를 떠나지 않았다.

장례식이 끝나고서, 몇 번인가 김상규한테 연락이 왔던 적이 있었다. 무시했다. 그가 찾아온 적도 있었다. 밖으로 나가지 않았다. 거실에 웅크리고서 숨을 죽여 그가 떠나기를 기다렸다.

선하는 자신이 김상규에게 품은 감정이 무엇인지 알 수 없었다. 혐오와 경멸? 아니, 이건 두려움이야. 생리적으로 불쾌해서, 그것이 너무 심해서… 그래서 두려움으로까지 번진 거야. 선하는 입술을 잘근 씹었다.

"왜그래?"

김상규는 대답하지 않는 선하를 보면서 머리를 갸웃거렸다. 선하는 아무 것도 모른다는 듯이 웃고 있는 김상규의 얼굴이 역겨웠다. 시선을 마주 칠 수가 없었다. 마주친 순간 자신도 모르게 아침에 먹은 것을 게워낼 것 같았다. 아니면 참지 못하고 욕을 하던가, 김상규의 뺨을 후려치던가. 태연한 얼굴을 하고서 왜 오빠라 부르지 않는 것이냐 묻는 김상규가 역겨웠다.

"너도 화랑으로 들어 와. 너에게도 똑같은 대우를 해 줄 테니까. 그 편이 너에게도 좋잖아?"

뭐가 좋다는 거야? 선하는 입술을 꾹 다물었다. 나는 당신이 싫어. 화랑이 럭키 카운터와 연합했다는 것을 들었을 때. 선하는 장례식장에서 김상규가 했던 말이 무슨 의미인지를 깨달았다.

줄을 잘 타야 한다고.

"…저는…."

선하가 머뭇거리며 입을 열었다. 거절해야 해. 하지만 목소리가 잘 나오지 않았다. 선하의 얼굴이 창백하게 질렸다. 등에서 식은땀이 흘렀다. 그녀는 입술을 가늘게 떨었다. 처음 김상규를 만났을 때가 떠올랐다. 그가 웃는 얼굴이 떠올랐다. 장례식장에서의 일이 떠올랐다. 향 냄새와, 담배냄새와, 가래침을 뱉는 소리와, 웃는 소리와….

"거절하겠습니다."

테이블 아래에서, 선하는 온기를 느꼈다. 선하의 어깨가 흠칫 떨렸다. 우현의 손이 선하의 손등을 덮고 있었다. 선하는 놀란 얼굴로 우현을 돌아보았다. 우현은 무뚝뚝한 얼굴로 김상규를 바라보기만 했다. 김상규가 머리를 갸웃거렸다.

"…내가 잘못들었나. 뭐라고요?"

"거절하겠다 했습니다."

우현은 차분한 목소리로 말했다. 협회장인 김태완이 당황한 표정을 지었다. 그로서는 이리도 파격적인 조건을 건 김상규의 제안을 거절하는 것을 이해할 수가 없었다. 김상규는 멀뚱거리며 눈을 뜨고서 우현을 바라보았다.

"왜요?"

"그냥."

우현이 내뱉었다. 김상규의 표정이 멍해졌다.

"잠깐…."

김태완이 끼어들었다. 그는 조금 굳은 얼굴로 우현을 바라보았다.

"나로서는 이해가 잘 안되는데, 화랑의 제안을 거절하는 이유가 뭔가?"

"협회와 화랑은 무슨 관계입니까?"

우현이 대뜸 물었다. 김태완의 표정에 당황이 어렸다.

"갑자기 무슨…?"

"제가 화랑의 제안을 거절한다고 해서, 협회가 저에게 불이익을 주는 겁니까?"

"…그럴 리가 없잖나. 협회는 공정하네. 솔직히 말하지. 협회의 한국지부는 화랑의 행보에 상당부분 힘을 실어주고 있고, 지원도 해주고 있네. 하지만 그렇다고 해서 다른 헌터들을 공정히 대하지 않는 것은 아니야."

"그렇다면 문제 없겠군요."

우현은 몸을 일으켰다. 그는 당황한 표정으로 어쩔 줄 몰라 하는 선하를 힐끗 내려 보았다.

"뭐해?"

우현이 물었다.

"돌아가자."

"잠깐만요."

김상규가 손을 뻗었다. 그는 얼굴에서 웃음을 지우고 우현을 올려 보았다.

"뭐, 조건 중에 마음에 안 드는 것이 있는 겁니까?"

김상규가 물었다. 그 물음에 우현은 머리를 흔들었다.

"아뇨. 조건은 파격적이라 생각합니다."

"그런데 왜 거절하는 겁니까?"

"선약이 있거든요."

우현이 대답했다. 김상규의 눈썹이 실룩거렸다.

"…선약?"

"다른 길드에서 이미 스카웃 제의가 왔고, 그것을 받았습니다."

그 말에 김상규의 표정이 완전히 변했다. 그의 눈이 가늘어졌다.

"…나래입니까?"

"아뇨, 나래는 아니입니다. 사실 아직 만들어지지도 않은 길드입니다. 곧 만들어지겠지만."

우현은 선하를 내려 보았다. 그 시선에 선하는 머뭇거리며 몸을 일으켰다.

"너는?"

김상규의 시선이 선하에게 돌아갔다. 선하는 김상규의 시선을 피하면서 입술을 꾹 다물었다.

"같이 들어가기로 했습니다."

우현은 슬쩍 발을 옆으로 뻗어 선하보다 조금 앞으로 나왔다. 선하를 보던 김상규의 시선이 우현에게 가로막혔다.

"정확히 말하자면 같이 만들기로 했습니다."

"…만든다고요?"

"얘기 잘 들었습니다."

우현은 더 이상 김상규의 말을 듣지 않았다. 그는 꾸벅 머리를 숙였다.

"먼저 가보겠습니다."

〈4권에서 계속〉